KB168232

나의 변신
나의 도전

고성의 기적을 경남의 희망으로

나의 변신
나의 도전

이학렬 지음

대양미디어

나의 변신, 나의 도전

대부분의 사람들은 안정된 삶을 추구한다. 그래서 한 가지 직업을 가지거나 동일한 직장에서 일하기를 좋아한다. 그러나 나는 그렇지 못한 것 같다. 지나온 세월을 돌이켜 보면 나의 삶은 드라마와 같은 변신과 도전의 연속이었다는 생각이 든다.

해군사관학교를 졸업하고 해군장교로서 서해안 바다를 지키는 역할을 했다. 해군중위로 진급하면서 곧바로 서울대학교 공대 3학년으로 편입학하게 된 것이 나의 첫 번째 변신이었다. 말하자면 해군 전투장교에서 교수의 길로 들어서기 위한 변신이었다.

해군사관학교 교수와 미국 해군사관학교 교수를 지낸 것이 나의 경력이었다. 그러던 내가 해군에서 제대하고 2000년 제 16대 국회의원 선거에 출마했다. 나의 두 번째 변신이었다. 이 변신은 나로서는 말할 수 없이 큰 도전이었다. 흑판 앞에서 사관생도들을 가르치던 내가 험난하기 이를 데 없는 정치의 길로 들어섰으니 말이다. 국회의원 선거에서 낙선한 후 2002년 고성군수에 출마하여 당선되었다. 나의 변신과 도전이 나에게 전혀 새로운 삶을 안겨 준 순간이었다.

군수로 취임한 나는 평범한 군수가 아닌 특별한 군수로 변신했다. 고성을 변화시키고 발전시키기 위해 무모한 도전을 하면서 고성에 큰 발자국을 남기는 특별한 군수 말이다. 많은 사람들이 나를 '공룡군수'라 부른다. '공룡세계엑스포'를 성공적으로 개최한 결과 나에게 붙여진 이름이다. 솔직히 말해서, 작은 농촌군에서 세계엑스포를 개최한다는 것이 얼마나 큰 도전이며 위험한 모험인가? 만일 이 도전이 실패했다고 하면 나는 결코 군수직을 유지할 수 없었을 것이다. 그러나 공룡엑스포는 대성공을 거두면서 우리나라 축제의 모델이 되었다. 정부에서 주최한 여수세계엑스포에 판정승을 거둘 정도로 큰 성공을 거두었다.

2008년 나는 고성군 동해면 바다 일대를 우리나라 유일의 '조선산업특구'로 지정받는데 성공했다. 그냥 바다도 아니고 수산자원보호구역인 바다를 조선산업특구로 지정 받았다. 울산시도 아니고 거제시도 아닌 우리 고성군이 대한민국 유일의 조선산업특구가 되었다. 만일 이 무모한 도전이 실패했다고 하면 나는 꼼짝없이 주민소환에 의해 군수직에서 쫓겨났을 것이다. 조선산업특구는 내가 도전한 큰 모험이었으며 고성군에 남긴 큰 발자국이었다.

지금 우리 농촌에는 희망이 없는 것처럼 보인다. 농업은 경쟁력이 없는 산업으로 인식되어 있다. 세계의 모든 선진국들은 농업이 발달되어 있는 나라들이다. 그런데 우리나라의 농업은 지금 허우적거리고 있다. FTA(자유무역협정)로 인해 가장 큰 피해를 입게 될 사람들이 농민들이다. 농민은 서민 중의 서민이다. 정치권에서 서민을 위한다고 목소리를 높이지만 서민의 대명사인 농민에 대한 정책은 쏙 빠져 있다. 예산만 지원해 주면 되는 것으로 생각하고 있다. 경쟁력 있는 농업으로 만들겠다는 생각은 아예 하지 않고 있다.

농업에 대해 관심을 가지고 공부를 하면서 나는 어느덧 농업혁명가로 변신해 가고 있었다. 우리나라 농업에 대혁명을 일으키는 농업혁명가로 말이다.

농약과 비료를 사용하는 관행농업은 환경을 해칠 뿐만 아니라 우리의 건강을 크게 위협하기 때문에 더 이상 지속되어서는 안 되는 농업이다. 그래서 30년 전 등장한 것이 친환경농업이다. 그런데 이 친환경농업은 아주 심각한 문제점을 가지고 있다. 즉 일반관행농업에 비해 생산비가 많이 들고 수확은 오히려 더 적다고 하는 것이다. 그래서 친환경농업을 하게 되면 정부로부터 계속 재정적 지원을 받아야 한다.

따라서 관행농업도, 친환경농업도 우리 농업이 나아가야 할 방향이 아니다. 친환경농업을 뛰어 넘는 농업으로 가야 한다. 그래서 내가 도전한 농업이 생명환경농업이었다. 생명환경농업은 단순한 친환경농업이 아니다. 친환경농업의 문제점인 고비용·저수확을 저비용·다수확으로 바꾼 우리 농업의 대혁명이다. 2008년 나는 정말 무모하게도 이 생명환경농업에 도전했다. 지금 생각해도 아찔한 생각이 든다. 만일 실패했다고 하면 농민들이 나를 어떻게 했겠는가? 우리 고성에서는 지금 5년 연속 생명환경농업을 성공시켜 나가고 있다. 그리고 생명환경농업을 생명환경축산, 생명환경숲으로 확산시켜 나가고 있다. 나는 자신 있게 이렇게 말한다.

"생명환경농업, 생명환경축산, 생명환경숲은 우리나라 농업, 축산업, 산림업의 혁명이며 대한민국의 희망이다!"

나는 생명환경농업, 생명환경축산, 생명환경숲에 나의 모든 열정을 바치고 있다. 그런데도 사람들은 아직도 나를 '공룡군수'라고만 부른다.

지금까지 나의 변신은 도전이었고 창조였다. 나의 변신과 나의 도전이 이제 경남을 바꾸고 대한민국을 바꿀 수 있기를 간절히 소망해 본다.

2010년 8월 12일

경남 고성군수 이 학 렬

공룡 발자국을 찍으며 걷는 사람

"위엄은 청렴에서 생겨나고 믿음은 성실에서 나온다."

다산 정약용의 『목민심서』에 나오는 말이다. 다산 선생은 존경받는 리더의 덕목으로 '청렴과 성실'을 으뜸으로 꼽았다.

이학렬 고성군수야말로 청렴과 성실의 표상, 우리 시대의 참된 목민관이다. 2008년 제1회 다산 목민대상 본상이 그에게 주어진 것은 결코 우연이 아닌 필연이다.

리더가 갖추어야 할 덕목이 어디 그뿐이겠는가. 예지력·통찰력·결단력·추진력·포용력·솔선수범·애향애민·도전정신·미래비전…. 그 어느 덕목에 대입해도 이학렬 군수는 크게 모자람이 없는 행정가요, 성공적인 지방자치단체장의 롤 모델이다.

3선의 민선군수로서 고향 고성을 위해 일해 온 지난 10년, 그는 참으로 인상적인 발자취를 남겼다. 42년간 감소 추세이던 고성 인구는 2007년부터 5년 연속 증가세를 보이고 있다. '떠나던 고성'을 '돌아오는 고성' '찾아오는 고성'으로 바꾸었다.

'바닷가 변방' 이미지에 머물렀던 고성을 경남 도민의 고성, 대한민국 국민의 고성, 나아가서는 세계인의 고성으로 만들기 위해 아이디어를 짜내고 실천해 왔다.

조선산업특구 지정, 생명환경농업 추진 등은 이학렬 군수의 땀과 열정이 빚어낸 결실이다. 그 중에서도 공룡세계엑스포는 다른 지자체들이 앞을 다투어 벤치마킹하려고 하는 대한민국 대표 축제이다.

그로 인하여 6천5백만 년 전 지구상에서 자취를 감추었던 공룡이 21세기에 대한민국 고성에서 찬란하게 부활했다. 고성 군민들의 아이디어에서 싹이 튼 이 축제가 대한민국은 물론 세계적인 관심거리가 된 것은 그의 집념과 열정 때문임을 누구도 부인하지 못할 것이다.

덕분에 그의 이름이나 직함 앞에는 으레 '공룡'이란 수식어가 따라 붙는다.

공룡군수 이학렬이 앞으로 어떤 행보를 보일지 모른다. 공룡이 활동하기에 고성이란 울타리는 이제 너무 좁은 게 아닌가 생각하는 분들도 있는 것 같다. 나 역시도 궁금하다. 그가 미래에 어떤 인상적인 발자국을 남길지 말이다.

『나의 변신 나의 도전』 책 출간과 출판기념회를 축하한다. 이순신 장군의 후예인 해군사관학교 생도 및 교수 출신으로서 문무를 겸비한 행정가인 그가 초식공룡과 육식공룡의 장점을 두루 갖춘 '진화된 공룡'으로 거듭나기를 기대감을 갖고서 지켜보겠다.

전 국회의장 **김 형 오**

추진력, 창의력이 뛰어난 군수

　이학렬 군수를 처음 만난 것은 2008년 국회의원 선거를 불과 20여일 앞둔 시기였다. 통영, 고성 지역구에 공천을 받아 국회의원에 출마하면서 이학렬 군수와의 인연이 시작되었다. 그리고 지난 4년 동안 지역구 국회의원과 군수로서 관계를 유지해 오고 있다. 이학렬 군수와의 만남은 내게 하나의 대사건이라 해도 과언이 아니다. 이렇게 헌신적으로 일하는 시장, 군수가 전국에 몇 명이나 있을까 하고 혼자 생각해 보는 경우가 많이 있었다. 그의 추진력은 옆에서 지켜보는 사람으로 하여금 감탄을 자아내게 만들었다. 예산을 확보하고 고성을 위한 정책을 추진하기 위해 1주일이 멀다하고 서울로 올라왔다. 자기 자신의 몸을 전혀 아끼지 않았다.

　특히 생명환경농업을 추진하는 과정을 지켜보면서 나는 우리나라에서 농업에 이만큼 큰 관심과 애정을 가지고 일하는 사람이 없을 것이라고 하는 확신을 가지게 되었다. 그가 추진한 생명환경농업은 전국적인 관심을 불러일으키면서 이명박 대통령도 현장을 다녀갈 정도였다.

그는 10년 동안 3선군수로 역임하면서 작은 농촌군인 고성을 완전히 바꾸어 놓았다. 42년간 감소되어 오던 고성인구를 증가세로 돌려놓았다. 지금 고성은 5년 연속 인구가 증가하고 있다. 이 얼마나 놀라운 일인가? 한 사람의 지도자가 지역을 바꾸어 놓을 수 있다는 사실을 이학렬 군수를 통해서 확인할 수 있었다.

특히 그가 3회에 걸쳐 추진한 공룡세계엑스포는 고성의 확고한 브랜드가 되었다. 예전에는 고성이라고 하면 보통 강원도 고성을 떠올렸다. 그러나 이제는 공룡엑스포가 개최되는 고성을 먼저 생각한다. 이학렬 군수가 성공시킨 공룡엑스포의 덕택이다.

이학렬 군수는 추진력이 있을 뿐만 아니라 뛰어난 창의력을 가지고 있다. 공룡엑스포, 조선산업특구, 생명환경농업 등은 그의 창의력의 산물이다. 세 번째 개최된 공룡엑스포의 주제인 '하늘이 내린 빗물, 공룡을 깨우다'도 그가 1년 동안 고심한 끝에 만들어 내었다고 한다. 그가 하는 설명이 나를 감동시켰다.

"공룡은 6천만 년 전 환경재앙으로 인해 한반도에서 멸종되었습니다. 오늘날 환경에서 가장 중요한 것은 물입니다. 그 물의 근원은 빗물입니다. 그 빗물이 멸종된 공룡을 깨어나게 하고 그래서 깨어난 공룡이 빗물의 중요성에 대해서 흥미 있게 연출해 주는 것이 공룡엑스포의 모든 스토리입니다."

우리나라는 물 부족국가가 아니고 빗물관리 부족국가라고 이학렬 군수는 공룡엑스포 기간 내내 주장했다. 빗물만 잘 관리하면 홍수 피해도, 가뭄 피해도 크게 줄일 수 있다고 한다.

이 책에서 여러분은 이학렬 군수의 열정, 도전, 창의력을 함께 만날 수 있을 것이다. 이학렬 군수가 우리 사회를 위해 더 큰 일을 할 수 있기를 기대해 본다.

국회의원 이 군 현

변신에 변신을 거듭해 온
'도전의 길'

인간은 밤하늘을 보면서 우주를 정복하는 꿈을 꾸고 도전을 하여 수없는 실패를 거듭하면서도, 목표에 대한 식지 않는 열정으로 달나라에 우주선을 착륙시켰다.

이학렬 군수는 불굴의 정신으로 '누구도 가지 않은 길'을 걸은 군인이자 학자이며 정치인이다. 그래서 그의 모든 인생이 변화의 연속인 것이다. 또한 앞으로 어떠한 모습으로 달라질 것인지 아무도 모른다.

이학렬 군수가 지나온 길은, 해군이라는 무대를 넘어 변신에 변신을 거듭해 온 '도전의 길'이다. 바다를 꿈꾸는 해사생도에서 서울대학교 공학도로 변신하고, 美 유학으로 박사를 취득한 후엔 다시

美 해군사관학교 교수로 변신, 또 한국에 돌아와서는 전혀 새로운 지자체장의 소임까지… 이 군수의 인생은 끊임없는 도전과 열정, 그 자체였다.

무엇보다 3선군수를 역임하는 동안 경남 고성을 생명력 있는 도시, 생활이 살아나는 도시, 특색 있는 도시로 탈바꿈시킨 그의 능력은 가히 기적에 가깝다고 할 수 있다.

본인은 같은 해군 출신으로서, 그의 능력을 해군 입장에서 조명할 수 있다. 이학렬 군수님은 해군 특유의 능력, 즉 주어진 환경의 제한된 자원과 재원만으로 성과를 극대화하는 능력을 매우 탁월하게 발휘하는 힘을 가진 분이다.

고성의 '공룡'이라는 단순한 소재를 전국적 명성의 브랜드로 재창출하였고, 친환경농업을 넘어 생명환경농업이라는 경제산업형 농업시스템을 구축하였다. 또한 고성을 국내 유일의 조선산업특구로 지정받게 하는 등 작은 소도시 고성을 강소强小도시 고성으로 바꾸는 기적을 일구었다.

그의 혁신적인 사고思考와 패러다임의 전환은 불가능을 가능으로 바꾸는 것이 어떻게 이루어지는지를 잘 보여준다. 이 책은 바로 이학렬 군수님이 불가능과 맞서 싸워 온 투쟁기이자 도전의 궤적인 것이다.

해군 사나이의 '할 수 있다'는 정신을 당당하게 행정으로 실천한 이학렬 군수님의 인생 발자취를 책으로나마 만날 수 있게 된 것을 무한한 기쁨으로 생각한다.

　아울러 독자 여러분도 이 책을 통해 그의 인생길과 함께 한 도전의 열정, 집념의 성공전략을 간접적으로 경험하며 저마다의 가슴속에 의미 있는 무언가를 얻어내기를 바란다.

국회의원 **김 성 찬**
(제28대 해군참모총장)

'기적'을 만들어낸 '리더십'

우리나라에 지방자치가 실시된 지도 벌써 17년이 된다. 그동안 서울시장, 경기도지사 등을 지낸 이들은 정치적 행보로 주목을 받았고, 그 외 도지사를 지낸 이들은 국제행사유치 등으로 역시 주목을 받았다. 하지만 실제로 주민들의 삶에 영향을 준 단체장은 광역시장이나 도지사가 아닌 시장과 군수이다. 시장과 군수야말로 주민들 옆에서 주민들의 생활을 돌보는 지방자치의 첨병尖兵이요 주역主役이라 하겠다.

지방자치법에 의해서 지자체장은 3선까지만 가능하게 되어 있다. 하지만 3선을 한 지자체장은 손꼽을 정도로 드물다. 지역 주민들에게 특별한 헌신을 한 시장 군수만 3선단체장이란 명예를 차지할 수 있기 때문이다. 민선 1, 2, 3기 강원도 양구군수를 지낸 고故

임경순, 민선 2, 3, 4기 전남 함평군수를 지낸 이석형 등 극소수 단체장만 그런 영광을 차지할 수 있었다. 지방에 다녀보면 선거 때마다 단체장이 바뀌는 시·군과 3선 시장 군수가 버티고 있는 시·군은 분위기 자체가 완연히 다르다.

이 책의 저자 이학렬은 경남 고성에서 민선 3기와 4기를 거쳐 현재 5기 군수를 지내고 있다. 고 임경순 전 양구군수와 이석형 전 함평군수가 각각 무소속과 민주당 소속인데 비해 이학렬 군수는 새누리당원이니, 새누리당의 자랑이 아닐 수 없다.

이학렬 군수는 화려한 경력을 자랑하는 군인이요 지식인이다. 해군사관학교를 졸업한 대한민국 해군 장교였고, 서울대학교와 미국 텍사스 주립대학교(오스틴)에서 수학한 공학박사인 그는 한국과 미국의 해군사관학교에서 교수 생활을 했다. 이런 학력과 이력을 갖고 있는 사람이라면 서울에서 자리 잡고 풍요롭고 안정된 생활을 하는 것이 정상일 것이다. 그러나 이학렬 군수는 남다른 꿈을 갖고 있었으니, 낙후된 고향 경남 고성을 발전시키는 것이었다.

이 책은 이학렬 군수가 안정되고 존경받는 직장을 뒤로 하고 고향 경남 고성의 군수가 되어 오늘날에 이르는 힘든 과정을 그린 자전적 기록이다. 좋은 직장을 버리고 고향인 경남 고성에 내려간다고 했을 때 그를 아는 사람들은 뭔가 잘못되었다고 생각했을 것이다. 사람들은 "바닷가에 자리 잡은 한적한 시골에서 군수가 되어 도무지 뭘 하겠다는 것인가" 하고 의아해했을 것이다.

그러나 이학렬 군수는 드디어 해내고 말았다. 그가 주도한 공룡세계엑스포는 세계에서 인정받는 축제가 되었고, 그런 노력에 힘입어 경남 고성에 공룡들이 서식했다는 사실은 온 국민이 아는 상식이 되었다. 대단히 성공적인 공룡엑스포 덕분에 이학렬 군수는 '공룡군수'로 알려져 있지만 공룡엑스포는 이학렬 군수가 고성에 가져온 많은 변화 중의 하나일 뿐이다.

오늘날 경남 고성은 조선산업특구로 지정되어 있고, 농약과 비료를 사용하지 않는 생명환경농업의 발상지로도 알려져 있으니, 이또한 그의 업적이 아닐 수 없다.

고향에 대한 이학렬 군수의 끝없는 애정 때문에 '기적'이라고 말할 수밖에 없는 엄청난 변화가 경남의 작은 고장 고성에 일어난 것이다. 이학렬 군수는 군민들에게 '자신감'을 심어줄 수 있어서 '기적'이 일어났다고 겸손하게 말하지만, 군민들에게 '자신감'을 불어넣어 주어서 '기적'을 만들어낸 그것이 바로 '리더십'이다.

우리는 흔히 정치가 부패하고 모든 것을 망친다고 말하지만, 이학렬 군수가 쓴 이 책은 정치가 때로는 매우 좋은 결과를 가져올 수있음을 잘 보여준다.

중앙대 교수·전 새누리당 비대위원

이 상 돈

■ Contents

Chapter
01

나의 변신과 나의 도전

Chapter 02

공룡세계엑스포 성공의 기적

Chapter 03

조선산업특구의 기적을 일으키다

Chapter 04

생명환경농업에 도전하다

글로벌 명품 보육, 교육도시의 꿈

나의 변신과
나의 도전

내가
걸어온 길

OI

고등학교 시절 나의 목표는 고등학교 재단으로부터 장학금을 받아 서울대학교에 진학하는 것이었다. 당시 집안 형편이 여의치 못했기 때문에 그것은 내가 대학에 진학할 수 있는 유일한 방법이었다. 그러나 그것은 그렇게 쉬운 일이 아니었다.

나는 서울대 진학이라는 목표를 달성하기 위해 고등학교 3학년 여름방학이 채 되기도 전에 담임선생님의 지도와 도움을 받아 서울에 있는 학원에 가게 되었다. 그러나 충분한 돈을 가지고 서울로 간 것도 아니었기 때문에 서울 생활에서 얼마나 고생을 했는지 모른다. 낮에는 학원에서 공부하고 밤에는 도서관 의자에서 새우잠을 잤다. 식사는 20원짜리 수제비로 주로 해결해야 했다. 나중에는 청

량리에 있는 신문보급소에서 신문을 돌리기도 했다.

　여름방학 후 2학기가 시작되어 고성에 내려와 내가 내린 결론은 서울대 진학 포기였다. 당시 서울대 입학시험은 전 과목 시험이었다. 그러나 당시 우리 학교에서는 전 과목을 소화할 수 있는 교사진도 갖추어져 있지 않았던 형편이었기 때문이다. 담임선생님께서 실의에 빠져 있는 나에게 말씀하셨다.

　"학렬아, 서울대에 합격할 자신이 없으면 해군사관학교가 어떠니? 해군사관학교 입학시험은 네가 잘 하는 영어, 수학, 국어 3과목이구나. 그리고 입학금과 등록금도 전혀 없으니 아주 좋을 것 같구나."

　솔직히 말해 나는 해군사관학교에 대해서 아무 것도 몰랐다. 해군장교를 양성하기 위한 학교라는 것 정도가 해군사관학교에 대해 내가 아는 모든 것이었다. 그렇지만 선생님의 권유를 받아들여 해군사관학교 입학시험에 응시하기로 했다. 해군사관학교 입학시험에는 전국 각지에서 많은 학생들이 응시했는데 그 중에는 전국 각 지역의 명문고 학생들도 많았다. 경쟁률이 20대 1을 넘었다.

　나는 해군사관학교에 우수한 성적으로 합격했다. 중학교에 진학할 형편도 되지 못한 집안에서 대학 진학을 하게 되었으니 그 감회는 말로 다할 수 없었다.

　해군사관학교가 어떤 곳인지 구체적으로는 잘 몰랐지만 홍보책자에 나온 해군사관생도의 모습은 아주 멋있어 보였다. 그래서 나는 해군사관학교 입학 일자를 손꼽아 기다리게 되었다.

1971년 1월 24일, 나는 해군사관학교가 소재하고 있는 군항도시 진해로 갔다. 정식 입학이 아니고 가입교 교육을 받기 위해서였다. 가입교 교육이란 정식 사관생도가 되기 위한 기본교육이라고 안내서에 설명되어 있었다.

가입교 교육은 너무 힘들었다. 내가 생각한 해군사관생도와는 너무나 딴판이라는 생각이 들었다. 흰 제복을 입고 멋있게 걸어가는 해군사관생도의 모습 뒤에 숨겨져 있는 이 몸서리쳐지는 고통을 전혀 몰랐던 것이다. 온 몸은 체벌로 멍들었고, 하도 배가 고파 돌이라도 삼키면 금방 소화될 것 같았다. 식사 시간은 정해진 3분, 그것도 부자연스럽기 이를 데 없는 직각식사였다.

솔직히 말해 나는 본질적으로 군인 체질은 아니었다. 그러나 가입교 훈련은 나를 완전히 바꾸어 놓았다. 가입교 훈련 덕택에 늠름한 해군사관생도가 될 수 있었고, 정식 사관생도가 된 후 1학년 말 받은 상남(지금의 창원)에서의 해병훈련 덕택에 강한 군인이 될 수 있었다.

사관학교 1학년 때는 2학년 선배들로부터 모진 기합을 받으면서 정신없이 생활했다. 그러나 1학년을 마치고 2학년으로 진급되어 약간 여유가 생기면서 많은 생도들이 소위 '회의'에 빠지는 경우가 많이 있었다.

'과연 이 어렵고 힘든 생도생활을 계속하여 해군장교가 되어야

하는가?'

'해군장교는 과연 해볼 만한 멋있는 직업인가?'

'과연 나는 조국을 위해서 내 몸을 기꺼이 던질 수 있는가?'

나도 예외가 아니었다. 온갖 종류의 생각을 하면서 그리고 개인의 진로에 관해 고민하면서 회의에 빠지게 되었다. 서울대 진학을 시도하다가 대신 선택한 해군사관학교였다. 군사학 과목에 별로 흥미를 느끼지도 못했다. 하지만 나에게는 마음을 터놓고 이야기할 수 있는 고등학교 선배가 없었다. 외로움을 느끼기 시작했다. 최상위를 유지하던 성적도 뚝 떨어졌다.

3학년 2학기가 되어서야 겨우 다시 마음을 가다듬을 수 있었다. 그리고 생도생활에 다시 전념할 수 있었다. 성적을 만회하기 위해 학업에도 최선을 다했다.

해군사관학교 졸업 후 장교교육 3개월, 함상근무 8개월을 마치고 나는 해군사관학교 교수 요원으로 선발되어 서울대 편입학 시험에 응시하게 되었다. 그리고 내가 그렇게도 진학하고 싶었던 서울대학교 공대 금속공학과에 3학년으로 편입학하게 되었다.

서울대학교 학생 시절은 아주 즐거웠다. 마음껏 공부하면서 대학의 낭만도 한껏 즐길 수 있었다. 재학생들은 나이가 나보다 보통 3~4세 어렸고 그래서 나를 '학렬 형'이라 불렀다. 복학생들은 나와 비슷한 나이였는데 10여명 되었다. 우리는 '금속과 복학생회'를 줄인 '금복회'라고 하는 모임을 만들어 가끔씩 모여 소주파티를 열곤

하였다.

당시 서울대 공대는 서울시 도봉구 공릉동에 위치해 있었다. 관악구 신림동으로 옮겨간 것은 내가 대학원 1학년 때였다. 공릉동은 서울대 공대생들의 많은 이야기와 추억이 묻어 있는 곳이다. 지금도 그 앞을 지나가면 옛날 기숙사 생활하던 때가 생각난다. 서울대 동기생들은 지금 대학에 교수로 있거나 대기업, 중소기업의 간부로 있다. 지금도 그 동기생들을 만나면 학창시절로 돌아간 것처럼 기쁘다.

내가 박사 학위 공부를 하기 위해 미국 유학길에 올랐을 때 아들 한별이는 유치원에 다니고 있었고 딸 미지는 생후 18개월이었다. 미국 텍사스 주립대학(오스틴)에서의 4년여에 걸친 유학생활은 나에게 잊을 수 없는 귀한 시간이었으며 우리 가족 모두에게 값진 시간이었다. 부지런함에 있어서 남의 추종을 불허하는 나는 학기 중에는 학업에 몰두했다. 금요일 밤 테니스 경기를 하는 것 외에 내가 하는 일의 전부는 공부였다. 매주 금요일 밤 테니스 코트에서 한국 학생들이 모여 테니스 경기를 하는 것은 오랜 전통으로 되어 있었다. 경기 후 맥주 한 잔을 나누면서 향수를 달래기도 했다.

우리 가족은 여행을 무척 즐겼다. 학기와 학기 사이에 우리 가족은 차 트렁크에 여행용 장비와 음식을 가득 싣고 미국 전역을 여행했다. 캠핑지역에 텐트를 치고 식사는 우리가 만들어 스스로 해결했으니 경제적으로도 큰 부담 없이 여행을 즐길 수 있었다.

공부를 마치고 한국으로 돌아와 해군사관학교 생도들을 가르치는 교수가 되었다. 50세가 될 때까지 고성에서 20년 살고 진해에서 30년 가까이 살았으니 진해는 나의 제2의 고향이었다. 어쩌다 일이 있어 진해로 가면 다른 도시에 온 것 같지 않고 고향에 온 것처럼 마음이 푸근하다. 진해는 정녕 내 마음의 고향이다.

1993년 나는 한국 해군 최초로 미국 해군사관학교에 교환교수로 부임하게 되었다. 우리 가족은 해군사관학교 캠퍼스 내에 있는 교수아파트에 들어가 살게 되었다. 우리 가족이 미국 생활에 다시 적응하는 것도 중요했지만 나로서는 강의 준비가 제일 걱정이었다. 강의 준비에 많은 시간과 노력을 쏟았다.

생전 처음으로 미국 해군사관생도들 앞에서 강의를 하는 날, 나는 긴장과 흥분과 두려움에 어떻게 강의를 했는지 기억이 잘 나지 않을 정도였다. 그러나 시간이 흐를수록 수업 진행에 점점 자신이 생기게 되었으며 수업시간이 기다려지기도 했다. 내가 강의하는 '재료공학원론'과 '부식의 원리' 강의 내용에는 복잡한 수식은 많이 없으며 대신 생각을 해야 하고 이해를 해야 하는 개념적 내용이 많았다.

사관생도들을 대할 때 나는 사랑과 애정으로 대했다. 강의 시간에 질문을 받으면 질문한 생도가 완전히 이해할 수 있도록 성실하게 대답해 주었다. 나의 강의 철학은 '복잡하고 어려운 내용을 쉽게 강의하자'는 것이었다. 강의시간에 완전히 이해하지 못하는 생도들에게는 저녁시간이나 휴일을 이용하여 개인지도를 받도록 권유했다. 이 개인지도를 통해서 나는 미국 해군사관생도들과 인간적으로 많이 가까워질 수 있었다.

미국 해군사관학교에서는 학기말에 학생과 교수의 상호평가가 동시에 이루어진다. 학기가 끝난 후 학생들이 평가한 내 점수는 계속 최고 높은 점수였다. 2년의 교수 생활을 마치고 귀국하기 전 학과에서는 나에게 학교장인 라이슨 대장의 상을 상신하였다. 학교장은 나의 공적을 더 높이 평가하여 해군참모총장에게 상신했고 해군참모총장은 다시 해군장관에게 상신하여 현역군인이 평화시에 받을 수 있는 최고훈장인 네이비 메달(Navy Commendation Medal)을 받게 되었다. 네이비 메달은 미국 평화시의 최고훈장인 동시에 미 국방부 전체 훈장 중에서 서열 11위에 해당되는 훈장이다. 한국인으로서는 지금까지 내가 유일한 수상자다.

가끔씩 내가 가르친 미국 해군사관생도들이 보고 싶어진다. 지금 그들은 중견 해군장교가 되어 5대양을 누비는 바다의 사나이가 되어 있을 것이다.

교수에서
정치인으로 변신

02

대한민국 해군사관학교 교수가 나의 전직前職이었다. 미국 해군
사관학교에서 2년 동안 교수 생활을 하기도 했다. 내가 저술한 책이
대학의 교재로도 사용되었다. 그런 내가 후학을 가르치는 교수 생
활을 떠나 뜻밖에 정치의 길로 뛰어 들었다. 아직 정년도 많이 남았
는데 말이다. 교수로서 주어진 기간까지 있다가 정년퇴직하여 연금
으로 인생을 즐기면서 살면 될 것을 그렇게 하지 못하고 인생의 진
로를 전혀 다른 길로 바꾸어 버린 것이다. 그것도 험난하기 이를 데
없는 정치의 길로 말이다.

2000년 4월, 16대 국회의원 선거에 출마했다. 내 고향 고성이 속
해 있는 통영·고성지역구였다. 30년 가까이 이 지역의 국회의원은

고성보다 2배나 많은 인구를 가진 통영에서 계속 배출되었다. 고성 출신이 국회의원에 당선될 수 있는 절호의 기회가 왔다는 판단을 하고 출마를 결심하게 되었다. 현역 국회의원인 김동욱 의원과 국무조정실장을 지낸 정해주 장관이 통영에서 팽팽한 대결을 하는 구도였기 때문에 고성 출신인 내가 단독 출마하면 이길 수 있다고 확신이 섰던 것이다.

오랫동안 국회의원을 배출하지 못한 고성 군민의 정서 때문에 고성 군민들은 나를 압도적으로 지지할 것이라고 믿어 의심치 않았다. 내가 해군 출신이니 해군과 밀접한 관련이 있는 통영에서도 상당한 표를 얻을 수 있을 것이라고 판단했다. 그래서 한나라당 공천도 받을 수 있을 것이라고 생각했다. 지금 생각해보면, 이렇게 나한테 유리하게만 해석하고 판단한 나는 정말 어리석은 사람이었다.

한나라당 공천은 현역 국회의원인 김동욱 의원이 받았다. 내가 판단한 대로 통영에서는 김동욱 의원과 정해주 장관이 팽팽하게 균형을 유지했다. 문제는 고성에서 발생했다. 고성 출신으로는 나 혼자 출마할 것이라는 생각이 큰 오판이었다. 고성에서 나를 포함해서 3사람이나 출마했기 때문이다. 그것도 후보자 모두 우리 집안인 함안 이가※였다. KBS 해설위원장을 지낸 이청수 후보가 할아버지뻘, 행정자치부 차관을 지낸 이근식 후보가 아저씨뻘, 나는 손자뻘이었다.

한 집안의 3대가 선거에서 한판 붙었다고 언론에 크게 보도되었다. 급기야 많은 사람들의 조롱거리가 되고 말았다.

"무슨 그런 콩가루 집안이 있어. 그래, 인물 많다, 인물 많아! 우리 집안은 한 사람도 출마 안하는데 그 집안은 세 사람이나 출마하니 명문 집안이구먼! 그것도 할아버지에서 손자까지 3대가 한판 붙었구먼. 양반 집안인 줄 알았는데 순 상놈 집안이잖아?"

이 심각한 문제를 해결하기 위해 집안사람들이 회의를 가졌다. 콩가루 집안이 되어서는 안 되겠다고, 상놈 집안으로 낙인 찍혀서는 안 되겠다고, 그래서 후보를 단일화 해야겠다며 집안 대표들이 모였던 것이다. 단일화가 반드시 이루어져야 한다는 사실에 대해서는 모두 공감했다. 그러나 누구로 단일화해야 하느냐 하는 문제에서는 의견이 엇갈렸다.

나와 가까운 집안에서는 이학렬이 먼저 출마를 결심했으며 당선 가능성이 가장 크다고 주장했다. 이근식 후보 가까운 집안에서는 새천년민주당에서 출마를 하라고 하니 출마할 수밖에 없다고 말했다. 이청수 후보 쪽에서는 KBS 해설위원장을 지낸 이청수 후보가 가장 경쟁력이 있다고 주장했다. 단일화를 위해 수차례 모여 논의를 했지만 서로의 주장만 되풀이 할뿐이었다. 결국 세 후보 모두 출마를 하게 되었다.

선거결과 통영에서는 정해주 후보가 김동욱 후보에게 600여 표 앞선 접전으로 마무리되었다. 그런데 고성에서 김동욱 후보가 정해주 후보보다 훨씬 더 많은 표를 얻어 김동욱 의원이 다시 국회의원으로 당선되었다. 고성에서는 내가 김동욱 의원에게 불과 348표 뒤지는 대접전으로 끝났다.

선거가 끝난 후 서울에서 가야병원을 경영하고 있는 집안 아저씨인 이상요 원장을 만났다.

"이 박사, 할 말 없네. 자네로 단일화했으면 당선이 가능했는데 말야. 단일화시키지 못한 것이 정말 아쉽네."

선거가 끝난 마당에 무슨 말이 소용 있겠는가? 고성에서 단일화만 이루어졌다면 16대 국회의원 선거에서 당선될 수 있었다는 것이 이상요 원장의 말이었지만, 이미 상황은 끝난 뒤였다.

고성에서, 특히 우리 집안에서 세 사람이 출마를 했는데도 나는 낙선할 것이라는 생각을 전혀 하지 않았다. 낙선할 것이라고 생각했다면 그렇게 열심히 선거운동을 하지 않았을 것이다. 통영시내 구석구석을 이잡듯 누비지 않았을 것이다. 한산도, 욕지도, 사량도를 비롯한 통영의 섬들을 그렇게 부지런히 찾지도 않았을 것이다.

하지만 나는 16대 국회의원 선거에서 낙선하고 말았다. 마치 하늘이 내려앉는 것 같았다. 집안에서 3명이나 출마한 말도 안 되는 그런 선거에서 낙선할 것을 예측하지 못한 나는 정말 어리석었다.

16대 국회의원 선거에 나의 모든 것을 걸었던 터라 타격도 이만저만이 아니었다. 원래 재산도 변변하지 않았던 데다가 선거비용으로 거의 소진해버렸다. 친지들에게, 친구들에게 각양각색으로 많은 신세를 지게 되었다. 그런 내가 선거에서 낙선했으니 그분들에게 뭐라고 변명할 말조차 없어졌다.

선거 이틀 후 마산에서 개인사업을 하고 있는 고등학교 동기생 친구를 찾아갔다, 친구는 고등학교 동기생 중에서도 나를 여러 형태로 가장 많이 도와준 친구였다. 그런 친구로부터 위로의 말이라도 들으면 큰 도움이 될 것 같았다. 비록 낙선했지만 최선을 다했으니 마음을 추스르자는 말 한마디를 듣고 싶었던 것이다. 그러나 회사 문을 열고 들어서는 순간 나는 착각을 일으킬 정도였다. 나를 바라보는 친구의 눈빛이 서리처럼 싸늘하고 차갑게 다가왔기 때문이다. 자리에 앉으라는 말도 하지 않았다. 서로 아무 말도 하지 않고 한참의 시간을 보낸 뒤에야 내가 먼저 어렵게 말을 꺼냈다.

"미안하다. 꼭 당선될 줄 알았는데 말야."

나의 그 말을 기다리기라도 했다는 듯이 친구는 말했다.

"앞으로 또 선거 나온다는 말 하지 마."

총칼을 든 전쟁보다 더 치열한 선거를 이제 막 끝낸 나를 향한 친구의 첫마디는 나에게 예리한 비수로 꽂혔다. 그런 말을 하는 친구로부터 더 이상 어떠한 위로도 기대할 수 없어 보였다. 그 길로 친구의 회사를 나왔다. 그리고는 혼자 많이 울었다. 울고 또 울어도 눈물이 자꾸 나왔다.

돈 쓰지 않는
선거의 승리

03

통영에 비해 절반도 되지 않은 인구를 가진 고성 출신이 이 지역 국회의원에 당선되기 어렵다는 사실을 선거에 출마하여 직접 체험했다. 그래서 나는 국회의원의 꿈을 접고 현실적으로 가능한 고성 군수 출마로 방향을 바꾸어 2002년 6월 13일 실시된 고성군수 선거에 출마하게 되었다. 국회의원 선거에서는 무소속이었지만 군수 선거에서는 한나라당 공천을 받아 출마했다. 2년 전 국회의원 선기에 출마하여 좋은 이미지를 얻었기 때문에 여론조사에서 상대 후보들을 크게 이길 수 있었고 한나라당 공천도 받을 수 있었다.

유리한 한나라당 공천을 받았음에도 불구하고 선거는 결코 쉽게 진행되지 않았다. 4명의 후보들이 모두 나름대로 자신의 지지기반을 가지고 있었기 때문이다. 특히 A 후보는 고성군에서 오랫동안 공무원 생활을 했기 때문에 튼튼한 지지층을 확보하고 있었다. 선거는 예측불허의 팽팽한 대결로 치닫는 양상이었다. A 후보는 나를 추격하고 있었고 나는 앞에서 쫓기는 형태가 되었다. 선거 열흘 전쯤에는 내가 A 후보에게 밀리는 양상으로 느껴지기 시작했다. 나는 수많은 전화를 받았다.

"지금 뭐하고 있는 거야? A 후보는 시내에 식당을 몇 개 정해놓고 사람들을 초대해서 식사를 대접하고 있단 말이야. 식사만 하고 가면 계산은 A 후보 쪽에서 한대."

"고성군 전지역에 A 후보 선거운동원들만 보이고 이학렬 후보 선거운동원은 보이지 않아. 지금 큰일 났어. 분위기가 완전히 A 후보 쪽으로 기울고 있어."

이런 전화의 내용이 사실인지, 아니면 나를 다그치려고 일부러 하는 것인지 나로서는 알 길이 없었다. 어떻든 큰일 났다는 것이었다. 선거판세가 완전히 뒤집어지고 있다는 것이었다. 심지어 이런 전화도 왔다.

"지금 거류면이 무너지고 있어. 우리 운동원들이 움직이지를 않아. 특단의 조치가 필요해."

거류면은 나의 고향 면이다. 내 고향 면이 무너지고 있다는 것이었다. 특단의 대책이란 무엇을 의미하는가? 돈을 쓰라는 말이지 않은가? 그러나 나는 그런 요구를 받아들이고 싶지 않았다. 쓸 돈도 없었지만 설령 돈이 있다고 해도 돈으로 표를 사고 싶은 마음은 추호도 없었다. 어떻게 식당을 정해놓고 유권자들에게 식사 대접하면서 선거운동을 한단 말인가? 돈을 쓰지 않고 선거를 치르고 있는 나에게 이런 종류의 전화가 빗발쳤다.

이런 전화의 내용이 사실인지 아닌지 여부를 떠나, 이러한 전화 때문에 더 이상 선거운동을 할 수 없을 지경에 이르렀다. 선거판세가 불리하게 되어 가고 있다는 심리적 불안감이 점점 더해가고 있었다. 1차 합동연설회 하루 전부터 나는 완전히 식욕을 잃어버리고 말았다. 밥을 씹으면 딱딱한 모래알들이 혀 위를 구르는 느낌이었다. 나로서는 생전 처음 느껴보는 경험이었다. 몸이 완전히 녹초상태가 되어 버렸다.

당시 김동욱 의원은 주로 통영에 머무르고 있었다. 통영에서는 한나라당 공천자가 처음부터 여론에서 밀리고 있었기 때문이다(결국 한나라당 후보가 낙선했음). 김 의원은 고성 선거에 대해서는 너무나도 태연해 보였다. 아니 무관심한 것처럼 느껴지기까지 했다. 합동연설회 전날 저녁 김동욱 의원이 고성으로 왔다.

"고성은 걱정 없어요. 통영이 지금 박빙이라 걱정이지. 조금만 더 노력하면 이길 수 있을 것 같은데…"

김동욱 의원은 내 앞에서 내 선거를 걱정하는 것이 아니라 통영 시장 선거를 걱정하고 있었다.

"위원장님, 지금 고성읍을 비롯하여 전 지역에서 제가 A 후보에게 밀리고 있다는 정보가 들어오고 있습니다. 큰일 났습니다."

"걱정하지 않아도 돼요. 혹시 이 후보가 방심할까봐 말하지 않았는데, 중앙당에서 실시하는 여론조사에서 이 후보가 많이 앞서고 있어요."

그러나 김동욱 의원의 그 말이 내게는 전혀 진실로 들려오지 않았다. 그날 밤 나는 한숨도 잘 수 없었다. 내가 잠을 설치면서 괴로워하고 있었지만 아내 역시 피로에 지쳐 나를 돌봐줄 상황이 아니었다. 다음날 나는 더 이상 몸을 지탱할 수 없어 합동연설회 날임에도 불구하고 병원에 입원을 하고 말았다. 링거주사를 맞으면서 안정을 취하려고 애썼다.

'합동연설회에서 연설을 할 수 없게 되면 심각한 문제가 발생할 거야. 고성 군민들 앞에서 내 소신을 밝히는 합동연설회에는 꼭 참석해야 돼.'

이렇게 마음속으로 다짐하고 또 다짐했다. 합동연설회 30분 전에 겨우 병원에서 일어나 연설회장으로 향했다. 다른 후보들은 벌써 연설회장에 나와 군민들과 일일이 악수를 나누고 있었다. 그러나 나는 그럴 수 있는 몸 상태가 아니었다. 여전히 정신이 혼미하고 어지러워 땅이 흔들리는 것 같았기 때문이다. 나의 연설순서가 되자 가까스로 단상으로 올라갔다. 청중들의 얼굴이 내 눈앞에 흔들리는 모습으로 다가왔다.

지난번 국회의원 선거 합동연설회에서 원고 없이 30분 동안 연설을 하면서도 조금도 더듬거리지 않았던 기억이 떠올랐다. 그러나 내 몸은 원고 없이 연설할 수 있는 상황이 아니었다. 원고를 천천히 읽어 내려가는 것마저도 힘이 들었다. 문장의 줄이 서로 엉켜 조심스럽게 읽어 내려가야만 했다. 내 목소리는 힘이 없어 떨리기까지 했다.

우여곡절 끝에 간신히 합동연설회를 끝냈다. 목소리가 떨리기는 했지만 그래도 내용 면에서 좋았다는 평가를 해주는 사람도 있었지만 왜 목소리가 떨리느냐고, 이학렬이 그 정도로 허약한 사람이냐고 항의하는 지지자도 있었다. 그러나 상황을 일일이 설명해 줄 수 없었다.

1차 합동연설회를 마치고서야 기력을 되찾을 수 있었다. 3일 후 있었던 두 번째 연설회에서 나는 돈 안 쓰는 선거를 치르는 내가 바보가 아니라는 사실을 꼭 말해주고 싶었다. 돈이나 식사 대접에 귀중한 한 표를 행사해서는 안 된다는 것을 강조해주고 싶었다.

"존경하는 고성 군민 여러분!

군민 여러분께서는 여러분의 귀중한 한 표를 돈이나 식사 대접에 팔아서는 결코 안 될 것입니다. 여러분께서는 여러분의 귀중한 한 표를 고성의 미래를 위해 행사해야 할 것입니다. 저는 고성 군민 여러분의 현명한 판단을 믿습니다! 여러분을 믿습니다!"

"군민 여러분은 대한민국 어디에 내놓아도, 세계 어디에 내놓아도 부끄럽지 않은 자랑스러운 군수를 가져야 할 것입니다. '우리 군수는 이런 사람이다'라고 자랑스럽게 이야기할 수 있어야 할 것입니다."

"저는 여러분의 자랑스러운 군수가 되고 싶습니다. 역사에 남는 군수가 되고 싶습니다. 고성을 바꾸고 싶습니다. 낙후된 고성을 발전된 고성으로 변화시켜 대역사를 이루어 내는 군수가 되고 싶습니다."

내 목소리에는 힘이 흘러넘쳤다. 내 연설이 고성 군민의 마음을 움직이고 있음을 느낄 수 있었다.

군수 선거보다
공룡엑스포에 전력하다

04

　네 사람이 출마한 군수 선거에서 38%의 지지를 얻어 당선되었다. 고성 군민들은 돈 쓰지 않고 선거를 치른 나를 어리석은 사람으로 만들지 않았던 것이다. 그런 고성 군민을 훌륭한 군민이라고 자신 있게 말하고 싶다. 선거기간 중 우리 군민들은 한 번도 흔들린 적이 없었다. 겉으로 나타났던 분위기와는 달리, 말없는 다수 군민들은 전혀 흔들림 없이 나를 계속 지지했던 것이다.

　'우리 군민들은 돈 쓰지 않고 선거를 치른 나를 바보로 만들지 않았다. 고성 군민들은 부정한 돈을 원하지 않았다. 고성의 미래를 위해 위대한 결단을 내렸다. 그 빚을 어떻게 갚아야 할까? 고성 군민들이 나에게 가장 바라는 것은 무엇일까?'

나는 마음속으로 이 말을 수없이 반복했다. 당선이 확정된 후 한 방송사와의 인터뷰에서 그 같은 심정을 짤막하게 밝혔다.

"군민 여러분, 고맙습니다. 여러분을 사랑하고 존경합니다. 고성을 위해 열심히 일하겠습니다."

내가 할 수 있는 말은 그 말 뿐이었다. 고맙다는 말, 그리고 고성을 위해 열심히 일하겠다는 말! 더 이상 무슨 말이 필요하겠는가?

2002년 6월 13일은 나의 인생에서 잊을 수 없는 날이다. 교수직을 버리고 정치인의 길로 들어선 이후 첫 목적을 이룬 날이었다. 새로운 길을 걷기 위한 나의 몸부림이 마침내 결실을 거둔 것이다. 이 결실을 얻기 위해 나는 모든 것을 걸었고 선거는 치열한 전투 그 자체였다. 기진맥진할 즈음에 전투가 끝났고, 나와 나를 지지한 고성 군민들은 승리를 거두었다.

고성군수 당선! 내가 지금까지 걸어왔던 길과는 다른 새로운 길로 들어서는 순간이었다. 나는 굳게 맹세했다.

'새로운 이 길에서 내 혼을 바치자. 고성을 책임지고 고성의 미래를 설계하는 대역사를 펼쳐 보자. 나 개인보다는 고성을 먼저 생각하는 자세를 가지도록 하자. 나를 선택해준 고성 군민들을 위하는 서민군수로서의 행정을 펼치자.'

군수에 취임한 후, 이 맹세를 지키기 위해 최선을 다했다. 특히 공룡엑스포를 준비하면서 고성의 새로운 역사를 만들어가고 있었다.

4년의 세월이 흘러 2006년 5월 31일 고성군수 재선에 도전했다.

이번 선거부터 예비후보 등록제도가 생겼다. 원래 선거일 15일 전에 후보등록을 한 후 선거운동을 할 수 있었으나, 정치 신인에게 이름과 얼굴을 알릴 수 있는 기회를 제공한다는 차원에서 선거일 90일 전부터 예비후보 등록 후 선거운동을 할 수 있도록 한 것이다. 예비후보 등록을 하게 되면 선거사무실을 가질 수 있으며 선거운동도 마음대로 할 수 있다. 그러나 현직 군수의 경우, 예비후보 등록을 하게 되면 군수 직무가 정지된다.

만일 내가 예비후보 등록으로 인해 군수 직무를 수행하지 못하게 될 경우 엑스포 준비에 큰 차질을 가져올 수밖에 없었다. 나 개인의 선거운동을 위해 군수 직무를 차마 포기할 수 없었던 이유가 바로 여기에 있었다.

4명의 다른 후보들은 모두 예비후보 등록을 하고 선거운동을 했지만 나는 공룡엑스포 준비를 비롯한 군수업무에만 충실했다. 나의 지지자들로부터 항의성 전화들이 걸려오기 시작했다.

"다른 후보들은 열심히 선거운동을 하고 다니는데 도대체 군수는 뭐하고 있어?"

"너무 자만하는 것 아니야? 선거를 그렇게 가볍게 생각하면 안 돼! 지금 당장 예비후보 등록을 하고 선거운동에 돌입해야 해!"

수많은 전화에도 불구하고 나는 끝까지 예비후보 등록을 하지 않았다. 시내 곳곳에는 다른 예비후보들의 선거사무실이 마련되었고 커다란 현수막이 선거사무실 바깥벽에 걸렸다.

"침체된 고성 경제를 살려내겠습니다."

"무능한 군수를 몰아내고 능력 있는 군수를 선택합시다."

선거일은 5월 31일이었고 공룡엑스포는 4월 10일부터 6월 4일까지 52일간 개최되었다. 말하자면 공룡엑스포가 한창 진행되는 도중에 군수 선거를 치러야 하는 입장이 된 것이다. 이처럼 공룡엑스포는 군수선거에서 나에게 전혀 도움이 되지 못했다. 오히려 나는 공룡엑스포에 꽁꽁 묶인 볼모가 되어버린 상황이었다. 도 단위 행사도 치러본 경험이 없는 고성군이 국제행사를 치르는 것이기에 마치 살얼음을 걷는 심정이었다. 그것도 군수선거를 행사 중간에 두고서 말이다.

내가 왜 이런 어리석은 계획을 했을까? 공룡이라고 하는 브랜드를 전남 해남에 빼앗기지 않기 위한 전략으로 공룡엑스포를 계획하게 된 것이 그 배경이었다. 해남의 공룡박물관이 개관될 2006년 가을 이전에 우리 고성이 국제행사를 함으로써 공룡이라고 하는 브랜드를 선점해야 한다는 생각으로 선거 일정은 염두에 두지도 않았던 것이다.

공룡엑스포 준비를 위해 나를 비롯한 우리 직원 모두 혼신의 힘을 다했다. 그러나 대규모 국제행사인지라 단 한 시간도 마음을 놓을 수 없었다. 엑스포를 찾아오는 관람객들이 어떻게 반응할지 늘 마음이 조마조마했다. 혹시 태풍이라도 오지 않을까, 비라도 오면 어쩌나, 항상 긴장의 연속이었다. 조그만 사고나 화재가 있을 경우

공룡엑스포 행사장을 찾은 관람객

나의 변신과 나의 도전

에도 행사 전체가 망가질 수 있지 않은가? 그런 국제행사를 총 지휘하는 군수가 어떻게 마음 놓고 선거운동을 할 수 있겠는가?

상대후보 선거운동을 하고 있었던 한 사람이 공룡엑스포 행사장을 둘러보면서 이런 말을 했다고 한다.

"와! 이게 뭐야? 어마어마하네! 허허 벌판에 언제 이런 큰 건물을 지었어? 아무것도 없던 매립지에 이 많은 시설들을 언제 만들었어? 정말 대단하구만!"

그분의 감탄사는 고성군민들의 마음을 그대로 대변하고 있었다. 공룡엑스포 행사장을 찾는 순간 국제행사를 성공시킨 고성인으로서의 자부심과 긍지가 저절로 생겨났을 것이다. 고성에서만 살다가 물밀듯이 밀려오는 관람객들의 행렬을 보면서 고성 군민들은 저절로 어깨가 으쓱했을 것이다. 수많은 비난을 받아가면서도 굴하지 않고 엑스포를 추진한 이학렬 군수가 얼마나 자랑스러웠겠는가? 엑스포 행사장에 와 본 군민들 입에서 저절로 터져 나온 이런 감탄사가 고성 군민들 모두에게로 전해져 갔다.

이러한 감동의 물결이 선거운동도 제대로 하지 않은 나를 군수로 다시 당선시킨 원동력이 되었다. 나는 13일간의 짧은 선거운동만 했다. 그것도 엑스포를 총 지휘하면서 말이다. 그러나 4년 전 선거에서의 득표보다 2배 가까이 더 많은 압도적인 표차로 당당히 당선되었다.

도지사 꿈을 접고
다시 군수로 출마하다

05

군수는 지역민과 가장 가까운 거리에 있는 행정가이자 정치인이다. 따라서 군민들과 가장 깊은 정이 들 수 있는 위치에 있다. 그러나 군수를 장기간 하게 되면 군민들이 군수에 대해 피로감을 느낄 수 있는 것 또한 사실이다. 그래서 나도 기회가 되면 군수직을 떠나 더 큰일을 하고 싶은 꿈을 가지고 있었다. 그러나 그 꿈을 한없이 억눌렀다. 그리고 나 자신에게 굳게 다짐했다.

'군수로서 충분히 많은 일을 했다는 생각이 들더라도, 그리고 더 넓은 세계로 나가고 싶은 욕망이 생기더라도 더 단련하면서 때를 기다리자.'

2010년 제5회 지방선거일이 가까워지면서 일부 언론에서는 내가 도지사에 출마할 것이라는 보도가 나오기도 했다. 내 주위에서도 이제 도지사로 방향을 선회하자는 권유도 적지 않았다. 그런 유혹과 권유를 뿌리치고 군수에 다시 출마하는 것으로 방향을 잡았다. 나의 군수 3선 출마 사실이 알려지자 누가 먼저라고 할 것 없이 나에 대한 온갖 뜬소문과 비난들이 상대 후보들로부터 쏟아져 나왔다.

"군수 3선은 절대 안 된다. 3선을 하게 되면 일은 하지 않고 부정축재 많이 해서 고성을 떠날 것이다."

3선 군수로 당선되면 군수로서 마지막이기 때문에 일은 소홀히 하고 부정축재로 재물을 모아 고성을 떠날 것이라는 것이 요지였다. 3명의 상대 후보들이 고성 전역을 누비면서 이런 얼토당토않은 소문을 퍼뜨리고 다녔다. 그렇다고 해서 군수인 내가 일일이 군민

3선 당선

들을 만나 해명할 수도 없었다. '군수 3선은 안 된다'는 논리는 3명의 상대후보들과 그 측근들의 입을 통해 점점 고성 전역으로 퍼져 나갔다.

예비후보 등록을 하지 않고 13일간의 선거운동만으로도 압도적인 승리를 거둘 수 있었던 두 번째 선거와는 판이했다. 군수 3선을 하게 되면 일은 하지 않고 부정 축재하여 고성을 떠날 것이라고 하는 이 기막힌 논리에 대항할 수 있는 유일한 방법은 군수인 내가 군수 직무를 포기하고 예비후보 등록을 하는 길밖에 없었다.

그래서 나는 선거를 1개월 앞두고 예비후보에 등록했다. 이제 군수 신분이 아니라 군수에 출마하는 예비후보의 신분을 가지게 된 것이다. 군수 신분으로 말하거나 행동하게 되면 선거법 위반이 되는 많은 제재들이 예비후보로서는 가능했다. 고성 전역을 다니면서 군민들을 만나 유언비어 차단에 주력하는 동시에 군수 당선을 위한 지지를 부탁할 수 있었다. 이렇게 내가 직접 많은 사람을 만나기 시작하면서 군수 3선에 관한 헛소문도 수그러들기 시작했다. 군수에 처음 출마했을 때 군민들에게 했던 말을 다시 한 번 상기시켰다.

"고성 역사에 이름을 남기는 군수가 되겠습니다. 군민 여러분의 자랑스러운 군수로 영원히 남을 수 있도록 하겠습니다."

예비후보 등록까지 하고 군민들의 뜨거운 지지도 확인했으니 전국 최다 득표를 해야겠다는 욕심이 불현듯 생겼다. 그런데 예상하지 못한 일이 발생하고 말았다. 경남 도지사 선거에서 장관 출신인

L 후보가 한나라당 공천을 받은 것이다.

한나라당 공천을 받은 L 후보는 무소속의 김두관 후보와 대결을 벌이게 되었다. 초기의 각종 여론조사에서 한나라당 L 후보에게 크게 뒤지던 무소속의 김두관 후보가 시간이 갈수록 차츰차츰 그 간격을 좁혀 급기야 선거 막바지에는 앞서기 시작했다.

도지사 선거 분위기는 경남 전체의 선거 분위기를 완전히 바꿔놓았다. 한나라당 주도의 분위기에서 비한나라당 주도의 분위기라고 할 정도로 선거 판세가 좋지 않은 방향으로 흘러갔다. 우리 지역 이군현 국회의원도, 한나라당 경남도당에서도 나에게 도지사 선거에 신경을 써달라고 요청을 해 올 정도였다. 말하자면, 연설을 할 때 반드시 L 도지사 후보를 지지하는 발언을 해달라는 내용이었다.

한번은 경남도당의 요청대로 김두관 후보가 당선되어서는 안 되는 이유와 L 후보가 꼭 당선되어야 하는 이유를 열심히 설명한 다음 단상에서 내려오는데 어느 기자가 다가와서 말했다.

"군수님, 오늘 도지사 관련 연설 때문에 군수님 표 2% 날아갔습니다."

그 정도로 L 후보의 분위기는 좋지 않았다. 그럼에도 불구하고 경남도당으로부터는 계속 지원요청이 들어왔다. 참으로 안타까운 현실이었다.

L 후보는 모든 조건을 갖춘 참으로 능력 있는 분이라고 생각했다. 그러나 선거는 총칼로 싸우는 전쟁보다 더 강한 승부욕과 냉정

한 가슴을 가지고 있어야 한다. 그런데 L 후보에게는 둘 중의 그 어느 것도 발견할 수 없어 많은 지지자들의 애를 태웠다.

5일마다 열리는 고성 장날, 많은 군민들 앞에서 L 도지사 후보와 함께 연설을 하게 되었다. 먼저 내가 단상에 올라 연설을 했다. 군수 선거 이야기는 한 마디도 하지 않고 L 도지사 후보 지지만을 호소했다. 연설을 끝낸 나는 L 후보를 소개하며 단상에 올라와 연설하도록 했다. 그런데 이게 웬일인가? 마이크를 잡은 L 후보는 내가 말했던 내용과는 전혀 상관없는 이야기, 고성과는 무관한 말만 하는 것이었다. 가슴이 덜컹 내려앉음을 느꼈다.

솔직히 말해서, 고성 군민들은 국가적인 문제보다 고성 문제에 더 많은 관심을 가지고 있다. 나는 L 후보가 내 손을 잡고 위로 치켜들면서 이런 말이라도 할 수 있기를 기대했다.

"존경하는 고성 군민 여러분! 저 L, 도지사에 당선되면 이학렬 군수와 함께 고성 발전을 위해 최선을 다하겠습니다. 공룡세계엑스포가 고성의 브랜드로 확실히 만들어질 수 있도록 최선을 다해 도와드리겠습니다. 조선산업특구가 잘 마무리될 수 있도록 이학렬과 함께 하겠습니다. 고성 군민 여러분께서 처음으로 시도하신 생명환경농업이 잘 정착될 수 있도록 힘껏 도와드리겠습니다. 고성을 대한민국 제1의 글로벌 명품보육도시, 교육도시로 만들겠다고 하는 이학렬 후보의 공약이 지켜질 수 있도록 저 L도 고성 군민 여러분과 함께 하겠습니다!"

이런 연설 내용이었다면 아마 그날 우레와 같은 박수를 받았을 것이다. 그러나 안타깝게도 그날 고성 군민들은 이학렬과 함께 하는, 고성 군민과 함께 하는, 고성을 이해하는 도지사 후보 L을 전혀 찾을 수 없었다. 대신 'L 도지사 후보는 고성에는 전혀 관심이 없구나' 하는 사실만 확인하는 자리가 되어 버렸다. 이러한 상황은 고성뿐만 아니라 도내 곳곳에서 벌어지고 있다는 소문들이 무성했다.

결국 도지사 선거에서 경남 역사상 처음으로 진보성향의 무소속 후보가 보수성향의 여당 후보를 누르고 당선되는 이변이 일어나고 말았다. 나 역시 군수선거에서 전국 최다득표라는 꿈을 접어야 했고 경남 도내 현역 시장·군수 한나라당 후보가 여러 명 낙선하는 결과까지 빚어졌다. 이 모든 상황이 도지사선거 영향 때문에 벌어진 결과라는 여론들이 팽배했다.

유리창론

06

2002년 7월 2일 군수 취임식의 취임사 일부를 소개한다.

"존경하는 동료 직원 여러분, 저는 모든 일에 능동적이고 적극적이며 창의적인 공무원을 좋아합니다. 반면, 수동적이고 소극적이며 무사안일의 사고에 젖어 있는 공무원을 좋아하지 않습니다. 저는 더러운 유리창을 닦다가 실수로 깨뜨리는 사람은 용서할 것입니다. 그러나 더러운 유리창을 보고도 닦으려고 시도조차 하지 않는 사람은 용서하지 않을 것입니다. 신新고성 건설을 위해 지와 함께 고뇌하고 열심히 땀 흘리는 공무원 여러분이 되어 주시기 바랍니다."

더러운 유리창을 닦다가 실수로 깨뜨리는 사람은 용서할 수 있지만 깨어질까 두려워 유리창을 닦으려고 시도조차 하지 않는 사람은 결코 용서하지 않겠다는 나의 이 결연한 취임사는 우리 직원들에게 적지 않은 충격을 주었다. 그 뒤 이 내용은 '유리창론'으로 일컬어지면서 능동적이고 적극적인 업무 자세를 말하는 대명사가 되었다.

한때 공무원 사회는 가장 효율적인 조직으로 평가받았다. 공무원은 업무상 행위로 인해 신분상 불이익을 받지 않도록 법으로 규정하여 소신 있게 일할 수 있도록 되어 있다. 일반 회사에서도 공무원 조직으로부터 많은 것을 배우려고 했다. 공무원 조직이 선진화되고 경쟁력 있는 조직으로 인정받았기 때문이다. 그런데 지금 우리 공무원 조직은 어떠한가? 과연 가장 선진화되고 경쟁력 있는 조직이라고 말할 수 있는가? 소신 있게 일할 수 있도록 하기 위해 업무상 행위로 인한 신분상 불이익을 받지 않도록 보장해 놓았는데, 그 신분 보장이 무소신無所信과 복지부동伏地不動의 장치로 변해버린 것이 오늘의 현실이라고 말한다면 지나친 표현일까?

공무원은 소신을 가질 필요가 없는 것이 오늘의 현실이라는 것이 나의 생각이다. 지시받는 일만 하면 법적으로 신분이 보장되어 있는데 굳이 소신 있게, 열심히, 창의적으로 일해야 할 필요가 없지 않겠는가? 소신 있게, 열심히, 창의적으로 일하다가 혹시 규정이라도 어기거나 실수라도 하게 되면 벌을 받게 된다. 그 경우 진급을 포함한 모든 인사에서 불이익을 받을 수밖에 없다. 이런 분위기에서 어느 공무원이 소신 있게, 열심히, 창의적으로 일하겠는가?

지방자치를 하지 않았을 때의 공무원은 중앙정부로부터 지시받는 일만 했다. 따라서 모든 지역의 공무원이 똑같은 일을 했고 생각 또한 같았다. 다른 생각을 가져야 할 필요도, 이유도 없었다. 그러나 지방자치를 하고 있는 지금은 완전히 다르다는 것이 나의 생각이다. 예를 들어, 강원도 고성과 경남 고성은 테마와 시스템 등 모든 환경이 서로 다르고 하는 일도 다르기 때문에 두 지역의 공무원들은 서로 다른 생각을 가질 수밖에 없다.

우리나라의 지방자치 역사는 아직 짧다. 공무원들이 지방자치의 진정한 의미를 잘 모르고 있으며 지방자치에 익숙해 있지도 않다. 모든 일을 중앙정부로부터 지시받아 하는 것에 오랫동안 익숙해 있다. 일을 스스로 찾아 창의적인 자세로 업무에 임하는 것이 오히려 이상하게 여겨질 정도다.

모든 규정을 전국에 똑같이 적용해야 할 경우도 있지만 지역에 따라 융통성 있게 적용해야 할 경우도 있다. 아무런 변화와 발전 없이 조용한 지역도 있지만 우리 고성처럼 공룡세계엑스포가 개최되고, 조선산업특구로 지정되고, 생명환경농업을 처음으로 시도하고, 대한민국 제1의 보육도시, 교육도시를 부르짖으면서 변화와 발전을 거듭하는 지역도 있다. 그런데 공무원들의 머릿속에는 아직도 모든 일을 중앙정부의 지시에 의해서 하는 것으로 꽉 박혀 있는 것 같다.

우리 고성군의 조정위원회에서 어떤 개발 안건이 통과되었다. 그런데 더 이상 일이 진행되지 않고 있었다. 나중에 알고 보니 담당

직원이 국토해양부에 그렇게 해도 되는지 질의를 해놓고 있었다. 고성군의 조정위원회를 통과했다는 것은 그 일을 진행시켜도 된다는 뜻이다. 그러나 그 담당직원은 아무리 생각해도 미덥지 못했던 모양이다. 국토해양부로부터 그렇게 해도 괜찮다는 공문이라도 받아야 안심이 되었던 것 같다. 조정위원장인 부군수로부터 심한 질책을 받고서야 일을 진행시켰다.

지방자치제도에 익숙해 있지 않고 지시받는 것에 익숙해 있는 공무원들인지라 스스로 해야 한다는 자립정신과 창의력이 아예 상실되어 버렸다는 생각이 들었다. 내가 외쳤던 '유리창론'은 이러한 공무원들의 사고를 바꾸고 자세를 고치기 위한 일종의 혁명적인 요구였다.

고성군 동해면과 창원시 진동면을 잇는 동진교가 개통된 후 동진교 인근 동해면에 많은 관광객들이 찾아오게 되었고 그 결과 쓰레기 문제가 대두되었다. 동해면장이 지역경제과장에게 쓰레기 처리를 위한 인력을 요구했다. 그 요구가 관철되지 않자 동해면장이 지역경제과장에게 항의성 전화를 하게 되었다. 그런데 과장이 자리에 없어 여직원이 대신 전화를 받게 되었다.

"과장 바꿔!"

"과장님 안 계십니다."

그때부터 적절하지 못한 언어들이 동해면장의 입에서 쏟아지기 시작했고 그 전화를 받은 여직원은 그냥 펑펑 울고 말았다. 고성군 공무원 노조에서 나에게 거센 항의가 들어 왔다.

"여직원에 대한 심각한 비하 발언입니다. 일종의 성희롱에 해당됩니다. 동해면장에게 중징계를 내려야 합니다."

기획감사실에서 진상을 조사하여 동해면장에게 징계조치를 내렸다. 여직원에게 적절하지 못한 언어를 사용한 것은 분명히 잘못된 것이다. 그러나 일을 열심히 하려고 하는 적극적인 자세는 인정해 주고 싶었다. 만일 자기 업무를 충실하게 하려는 의지가 동해면장에게 없었다고 하면 인력을 지원받기 위해 그렇게 매달리지 않았을 것이다. 물론 징계도 당하지 않았을 것이다.

'아, 면장께서 유리창을 닦으려고 하다가 실수로 깨뜨리고 말았구나.'

유리창을 깨뜨린 동해면장을 얼마 후 군청 핵심부서 과장으로 발령 조치했다. '유리창론'을 우리 직원들에게 인식시켜 주기 위한 나의 몸부림이고 아우성이었다.

혼이 담긴
남산공원

07

　옛날 수도가 있던 도시에는 대부분 남산이라는 이름을 가진 작은 산이 있다고 한다. 이씨 조선의 수도였던 서울에도, 신라의 수도였던 경주에도 남산이라는 이름의 산이 있다. 옛 소가야의 수도였던 고성에도 남산이라는 이름을 가진 작은 산이 있다. 정상까지 걸어서 왕복 1시간밖에 걸리지 않는 작은 산이다. 정상에서 고성읍 시내를 한 눈에 바라볼 수 있고 또 건너편으로 한려수도 바다의 섬들을 내려다 볼 수 있는 절경의 산이다. 그런데 남산 밑에서 정상까지 가는 길은 한 개의 작은 오솔길뿐이었다. 두 사람이 서로 만나기라도 하면 피하기 어려울 정도의 작은 오솔길이었다.

　그런 남산이 지금 완전히 변해 있다. 혹시 고성 근처를 지나는 길이 있으면 반드시 시간 내어 고성의 남산공원을 한번 찾아 줄 것을 권하고 싶다. 깜짝 놀랄 것이다.

"농촌에 이런 공원이 있었어? 여기가 농촌 맞아? 서울에 있는 남산공원보다 더 잘 꾸몄잖아?"

입에서 저절로 이런 탄성이 나올 것이다. 어쩌면 더 큰 감탄사를 연발할지도 모른다. 오솔길 하나만 있던 남산이 어떻게 해서 천지개벽과 같은 이런 변화를 했을까?

경남도에서 예산을 지원하여 시·군에 공원을 조성하는 사업이 있었다. 이 사업에 고성의 남산공원이 선정되어 44억 원의 예산을 지원받게 되었다. 오랫동안 고성 읍민에게 친숙해 있었던 오솔길의 남산공원은 이 사업의 시작과 함께 포클레인에 의해 파헤쳐지기 시작했다. 고성 읍민들이 깜짝 놀랐다. 고성 읍민들의 유일한 휴식처였던 남산공원, 그 남산공원이 마구 파헤쳐지는데 대한 고성 읍민들의 반응은 놀라움을 넘어서서 분노에 가까웠다.

"도대체 군수가 정신이 있는 거야, 없는 거야? 남산이 어떤 곳인데 이렇게 마구 파헤치는 거야?"

고성 읍내 술집에서는 안주가 없어도 될 정도로 남산공원 사업이 술자리의 좋은 안주 감이었다.

"군수가 이상한 짓을 하고 있어. 당항포는 공룡엑스포를 한다고 파헤치고, 멀쩡한 남산공원은 또 무슨 이유로 파헤치나? 파헤치는 것이 군수의 취미인가?"

그 당시 첫 번째 공룡엑스포 준비가 한창이었다. 그래서 남산공원 사업과 공룡엑스포 준비 사업은 술집 안주 감으로서 역할을 함께 하게 되었다. 나를 아끼는 한 분이 걱정스런 표정을 지으며 말했다.

"이 군수, 공룡엑스포는 그렇다 치고, 남산공원은 아닌 것 같아. 지금이라도 사업을 중단하면 안 될까? 이 군수를 걱정해서 하는 소리야."

지금이라도 사업을 중단하라고 했다. 그 정도로 남산공원 사업에 대한 여론이 악화되어 가고 있었다.

고성 군민들의 휴식처인 남산공원, 그러나 오솔길 하나뿐인 남산공원, 그 공원을 나는 우리나라 최고의 공원으로 만들고 싶었다. 고향을 찾아온 친구와 함께 거닐고 싶은 남산공원으로 변화시키고 싶었다. 고성을 찾아온 손님에게 고성읍의 전경과 한려수도의 아름다운 모습을 보여주고 싶을 때 자신 있게 안내할 수 있는 공원으로 만들고 싶었다. 그런데 나의 그런 마음을 고성 군민들은 도무지 이해하려고 하지 않았다.

토목직인 K 직원을 공사감독관으로 발령 내면서 특별히 당부를 했다.

"남산공원을 대한민국 최고의 공원으로 만드는 것이 내 꿈이야. 일상적인 공사감독관 역할을 해서는 안 돼. 하나하나 철저히 감독하게. 설계에 있더라도 공사를 하는 과정에서 마음에 들지 않으면 과감하게 제외시키게. 설계에 없더라도 최고를 만들기 위해 필요하다면 포함시키게."

　공사기간 중 1주일에 한번 정도 공사 현장을 방문했다. 그리고 세부적인 사항까지 감독하고 지시했다. 사업이 완료되자 완전히 새로운 모습의 남산공원이 탄생했다. 예전의 모습은 아예 찾아볼 수 없었다. 그렇다고 인공적인 모습으로 바뀐 것은 아니었으며 원래 있는 모습 그대로를 살리려고 애썼다. 바위 하나라도 없애지 않고 보존하려 했다. 외길 오솔길이었던 남산공원이 몇 시간을 걸어도 다 걸을 수 없을 만큼 많은 새로운 길들이 만들어졌다. 억새밭길, 대밭길, 목련화길, 차밭길, 잔디밭길, 황토길, 자갈길 같은 테마길이 걷는 사람들의 마음을 포근하게 해준다. 옛날 집터가 있었던 곳에는 그대로 집터를 복원하고 샘터도 다시 만들었다.

여러 개의 테마길이 만들어진 남산공원

배수로를 인공 수로관 대신 잔디배수로로 만들었다. 예산이 절감될 뿐만 아니라 빗물이 배수로를 흐르면서 땅속에도 잘 스며들기 때문에 일석이조一石二鳥의 효과를 얻고 있다. 앞으로 우리나라 모든 공원의 배수로를 이러한 방법으로 하면 좋겠다는 생각을 한다. 남산공원을 방문하면 반드시 화장실에 한번 가 볼 것을 권한다. 화장실이 어둡고 음침하면 들어가는 것 자체가 싫지 않은가? 그러나 남산공원 화장실은 안에서 음식을 먹어도 될 정도로 깨끗하다. 기존 화장실을 리모델링하면서 내가 지시했던 내용을 소개한다.

"이 화장실을 여러분 집에 있는 화장실보다 더 깨끗하게 만들어라. 화장실 안에서 식사를 할 수 있을 정도로 깨끗하게 유지하라."

담배를 피우는 분에게는 대단히 미안하지만 남산공원은 금연공원이다. 따라서 남산공원 내에서는 담배를 피울 수 없다. 물론 음주가무도 철저히 금지되어 있다. 남산공원 내에는 쓰레기통이 없다. 아무도 쓰레기를 버리지 않기 때문이다. 공원 전체가 워낙 깨끗해 차마 쓰레기를 버릴 수 없다. 아직까지 쓰레기통이 없다고 불평하는 소리는 들려오지 않았다.

남산공원 사업을 할 때 나를 비난하고 욕하던 사람들은 지금 남산공원을 가장 많이 이용하고 가장 열심히 자랑하는 사람들로 변해 있다.

"대한민국 최고의 공원이야! 서울의 남산공원도 부럽지 않아! 우리 군수님 정말 추진력 있어. 군수님 아니면 이런 공원 만들지 못했을 거야."

행정에서 권유한 것도 아닌데, 자발적으로 '남사모'라는 모임이 결성되었다. '남산공원을 사랑하는 사람들의 모임'을 줄인 말이다. 스스로 회비를 내면서 남산공원을 아름답게 관리하는 역할을 하고 있다.

남산공원에는 360여 종의 자생식물이 살고 있다. 학생들의 자연 체험장으로 훌륭한 장소이다. 지금 국비, 도비를 포함해서 15억 원의 예산으로 남산공원 내에 자생식물원을 만들고 있다.

참전용사
기념비를 세우다

08

　미국, 영국, 프랑스 등 선진국을 방문하면서 똑같이 느낀 것이 있다. 이들 나라 사람들은 군대에 근무했거나 전쟁에 참가한 것을 아주 자랑스럽게 생각하고 있었다. 어느 지역을 가더라도 그 지역에서 출생한 사람 중에서 군대에 근무한 사람들 또는 전쟁에 참가한 사람들의 기념비를 볼 수 있었다. 그 지역 출신 참전용사들의 묘지도 볼 수 있었다. 왜 이들 나라에서는 군대에 가거나 전쟁에 참가한 것을 이렇게 자랑스럽게 생각할까 하고 곰곰이 그 이유를 생각해 보았다. 국방이 얼마나 중요한가를, 국가 안보가 얼마나 중요한가를 그들은 가슴깊이 느끼고 있기 때문이었다.

　미국을 여행하던 중 한 지역에 갔더니 거리 곳곳에 깃발이 휘날리고 있었다. 무슨 행사라도 있는가 하고 깃발을 살펴보았다. 행사가 아니라 그 지역 출신 중에서 군대에 근무한 사람들의 이름을 깃발에 한 사람씩 적어 놓았다. 그 사람의 이름과 근무한 부대이름, 근무한 기간 등을 명시해 놓은 깃발이었다. 군대에 근무한 것을 얼마나 자랑스럽게 생각하는가를 알 수 있지 않은가?

그런데 우리나라는 어떠한가? 군대에 근무한 것을 자랑으로 생각하고 있는가? 오히려 부끄럽게 생각하고 있지는 않은가? 헌법에는 분명히 국방을 국민의 신성한 임무라고 규정하고 있다. 그러나 많은 젊은이들이 군대에 가기를 꺼려하고 있다. 어떻게 해서라도 군대에 가지 않으려고 한다. 군대에 가지 않기 위해서 생니를 뽑은 유명 연예인도 있었다. 지금 정부 고위직에 있거나 고위 정치인 중에서 군대에 갔다 오지 않은 사람이 얼마나 많은가?

특히 우리나라는 세계 유일의 분단국가가 아닌가? 이런 분단국가에서 돈 있고 힘 있는 사람은 군대에 가지 않고 힘없는 사람만이 군대에 가는 상황이 되어서야 되겠는가? 국방의 임무를 신성하게 생각하고 소중하게 여기는 사회가 되어야 하지 않겠는가? 국방의 임무를 수행하지 않은 것을 오히려 부끄럽게 여기는 사회가 되어야 하지 않겠는가?

6·25전쟁은 민족끼리의 비극적인 전쟁이었다. 그때 많은 젊은이들이 전쟁에 참가했다. 전쟁에 참가하여 몸을 다치거나 목숨을 잃었다. 만일 그런 젊은이들의 희생이 없었다고 하면 지금 우리나

라는 어떻게 되었을까? 오늘날의 북한과 같은 상황이 되어 있지 않았겠는가? 생각만 해도 아찔하다. 결론적으로 말해서 오늘 우리는 6·25전쟁 때 전쟁에 참가하여 몸을 다치거나 목숨을 잃은 그분들의 덕택에 이렇게 평화로운 세상을 살아가고 있는 것이다. 마음껏 자유를 누리면서 말이다. 그분들의 희생이야말로 보석보다 귀하고 값진 것이 아닌가? 그런데 오늘 우리들은 그분들의 그 고귀한 희생을 잊고 살아가고 있다. 오늘의 이 평화와 이 자유가 그냥 주어진 것처럼 살아가고 있다. 너무나 안타까운 현실이 아닌가? 기껏해야 6월 6일 현충일날 그분들의 희생을 기리는 행사를 할 뿐이다. 현충일도 그냥 공휴일이라고 생각하고 가족끼리, 친구끼리 나들이를 가는 사람들도 있다. 그분들의 고귀한 희생은 아예 잊어버린 채 말이다.

6·25 직후 우리나라는 한마디로 잿더미였다. 그 폐허를 딛고 우리는 오늘의 대한민국을 만들었다. 그런데 많은 사람들이 오늘의 대한민국이 그냥 만들어진 것처럼 생각하고 있다. 마치 오늘의 이 풍요가 그냥 하늘에서 떨어진 것처럼 생각하고 있다. 우리가 오늘의 이 풍요를 누릴 수 있게 된 것은 새마을운동을 통한 조국근대화가 있었기 때문이다. 만일 새마을운동이 없었다고 하면 우리나라는 오늘 후진국 신세를 면하지 못했을 것이다. 아무런 자원도 없는 우리나라가 무슨 방법으로 오늘의 이 풍요를 누릴 수 있겠는가?

새마을운동이 진행되는 동안 우리의 많은 젊은이들이 월남전에 참가했다. 6·25전쟁에서와 마찬가지로 월남전에서도 많은 젊은이들이 몸을 다치거나 목숨을 잃었다. 월남전에 참가한 젊은이들이 받는 보수는 그 당시 우리나라 경제에 큰 역할을 하게 되었다. 말하자면 월남전에 참가한 젊은이들의 희생은 조국근대화를 성공시키는 견인차가 되었다. 만일 그들의 희생이 없었다고 하면 조국근대화는 그처럼 대성공을 거둘 수 없었을지도 모른다. 말하자면 그들의 희생은 오늘 우리나라를 세계 10위권의 경제대국으로 만든 밑거름이 되었다.

6·25에 참가한 분들이 없었다고 하면 오늘의 대한민국 자체가 없었을 것이며 월남전에 참가한 분들이 없었다고 하면 오늘 우리가 누리는 경제적 풍요는 결코 없었을 것이다. 그분들은 몸을 다치거나 목숨을 바치면서 오늘의 대한민국을 만든 분들이다.

나는 군수가 된 후 이분들의 참전을 기념하는 기념비를 세워야 되겠다는 생각을 했다. 내가 심혈을 기울여 만들어 놓은 남산공원이 이분들의 기념비를 세울 장소로 선택되었다. 현재 고성에서 살고 있는 6·25참전용사회원들과 월남참전용사회원들도 나와 뜻을 같이 했다. 그런데 놀라운 일이 발생했다. 반대하는 사람들이 많았다. 살아있는 사람들의 기념비를 세우는 것은 옳지 않다면서 항의했다. 선거에서 표를 얻기 위한 것이 아니냐면서 계획을 취소하라고 요구했다. 참으로 어이가 없었다. 대화와 설득을 통해 기념비를 세워야 하는 당위성을 이해시켰다. 겨우 기념비를 세우는 것에는 동의를 얻어 내었지만 이번에는 장소 문제를 제기했다. 우리 고성군의 상징이고 군민의 쉼터인 남산공원에 세우지 말고 다른 한적한 곳에 세우라는 것이었다.

기념비를 세우는 목적이 무엇인가? 기념비는 말 그대로 기념하고 기억하자는 것이다. 그리고 그 정신을 이어 받자는 것이다. 그래서 많은 사람들이 볼 수 있는 곳에 세워야 한다는 것이 나의생각이었다. 그래야 그분들의 희생을 기념하고 기억할 것이며 그분들의 정신을 이어받을 수 있을 것이다. 결국 기념비는 남산공원 중앙에 세워졌다. 많은 사람들이 볼 수 있는 곳이다.

기념비를 세우고 제막식을 하는 날, 기념사에서 나는 말했다.

고성 출신 참전용사들을 위한 기념비

"여기 이름이 새겨진 분들은 우리나라를 지킨 분들입니다. 오늘의 대한민국을 있게 한 분들입니다. 이분들의 희생이 없었다고 하면 우리는 오늘의 대한민국을 결코 가질 수 없었을 것입니다. 우리나라는 세계 유일의 분단국가입니다. 국방과 안보의 중요성은 아무리 강조해도 지나치지 않습니다. 우리 모두 자랑스러운 우리 지역 참전용사들을 기억합시다. 그리고 국방과 안보가 얼마나 중요한가를 우리 모두 다시 한 번 깨달을 수 있기를 바랍니다."

고성지역 참전용사들의 기념비는 지금도 남산공원을 찾는 많은 사람들에게 국방이 국민의 신성한 임무임을 일깨워 주고 있다.

진정한
지방자치를 바라며

09

    우리나라에 지방자치가 도입된 지 벌써 20년이라는 세월이 흘렀다. 관선 시장·군수에서 민선 시장·군수로 바뀐 후 각 지방은 치열한 경쟁체제로 돌입했다. 시장·군수가 어떤 사람이냐에 따라 그 지역의 발전 방향과 발전 정도가 완전히 달라졌다. 국회의원, 도의원, 시·군의원 한 사람 잘못 선출해도 그 지역 발전에 그렇게 큰 영향을 미치지는 않는다. 그러나 시장·군수 한 사람 잘못 선출하면 그 지역은 큰 낭패를 당하게 된다. 그 정도로 시장·군수의 위치가 중요하다는 뜻이다.

    나는 시·군을 '지방자치단체'라고 부르는 것이 잘못되었다고 생각한다. 국어사전에는 '단체'를 '같은 목적을 달성하기 위하여 모인 사람들의 일정한 조직체'라고 정의하고 있다. 우리 주위에는 많은 단체들이 있다. 시·군을 그러한 단체 중의 하나로 생각하는 것은 옳지 않다고 생각한다.

시·군은 하나의 작은 정부라고 생각한다. 우리나라에는 크게 3가지 종류의 정부가 있다. 먼저 대한민국 정부가 있다. 이것을 우리는 중앙정부라고 한다. 그리고 16개 시·도가 있다. 이를 광역지방자치단체라고 하는 용어 대신 광역지방정부라고 해야 옳을 것이다. 시·군은 기초지방자치단체라는 용어 대신 기초지방정부라고 해야 할 것이다.

이들 3개 정부 중에서 가장 중요한 것은 기초지방정부라고 생각한다. 기초지방정부인 시·군은 주민과 가장 가까운 거리에 있으며 주민의 생활에 가장 큰 영향을 미치기 때문이다. 크고 작은 주민들의 민원을 해결하는 것은 바로 기초지방정부인 시·군의 몫이다. 시장·군수의 역할이 중요한 이유도 바로 여기에 있다. 민선인 시장·군수는 기초지방정부의 책임자로서 자기 지역에서 발생하는 모든 상황을 책임지는 위치에 있다. 그 지역이 발전하느냐 침체되느냐 하는 것도 바로 시장·군수가 그 역할을 어떻게 하느냐에 달려 있다.

시장·군수가 자기 지역의 발전 방향을 어떻게 잡느냐에 따라 그 지역의 미래 그림이 그려진다. 아무 그림도 그리지 않고 그냥 하루하루를 지낸다고 하면 그 지역에는 아무런 희망이 없을 것이다. 마치 항해하는 선박이 목적지 항구 없이 바다 한가운데에서 떠다니는 것과 같은 상황이기 때문이다.

나는 군수가 되자마자 우리 고성의 그림을 그리기 시작했다. 먼저 고성이라고 하는 이름을 알려야겠다고 생각했다. 즉 고성을 브랜드화시켜야겠다고 생각했다. 공룡세계엑스포를 계획하게 된 이유가 바로 여기에 있다.

고성의 인구가 계속 감소하고 있었다. 그래서 계획하게 된 것이 전국 최초의 조선산업특구다.

우리나라 농업에 아무런 희망이 보이지 않았다. 그래서 내가 생각해 낸 것이 우리 고성에서 처음 시도한 생명환경농업이다.

고성에서 하고자 하는 이런 일들은 고성을 책임지고 있는 나의 몫이다. 도지사나 대통령이 나를 대신하여 이 일을 할 수는 없다. 각 기초지방정부가 그 지방의 특징을 살려 경쟁력을 키워 나간다고 하면 모든 기초지방정부는 경쟁력을 가지게 될 것이다. 지방의 그러한 경쟁력이 모이게 되면 바로 국가의 경쟁력이 되는 것이다. 옛날 관선 시대에는 국가의 경쟁력이 지방의 경쟁력이 되었지만 민선 시대인 지금은 지방의 경쟁력이 국가의 경쟁력이 되는 것이다.

그런데 기초지방정부가 할 수 없는 일이 있다. 예를 들어, 각 시군을 연결하는 도로 사업의 경우 한 시군에만 해당되는 것이 아니기 때문이다. 이런 경우 광역지방정부인 도가 이 일을 해야 한다. 인근 시·군이 연접되어 있는 바다 관리도 마찬가지다. 인근 시·군에서 개최하고 있는 축제를 서로 관련지어 시너지 효과를 내게 하는 것도 광역지방정부가 해야 될 일이다. 예를 들어, 고성의 공룡세계엑스포, 합천의 천년대장경 축제, 산청의 전통의학엑스포 등을 서로 연결시켜 시너지 효과를 내게 하는 역할은 경남도의 몫이다. 공룡세계엑스포를 개최할 때 인근 통영, 거제, 진주, 사천, 창원 등의 도시와 연계하여 중국, 일본, 홍콩 관광객을 끌어들이는 역할도 경남도에서 해야 할 몫이다.

각 시·군 사이에서 가끔 발생하는 갈등 문제도 경남도에서 중재해야 할 몫이다. 경남도내 각 시·군 사이에서 발생하는 갈등을 경남도가 마치 강 건너 불 보듯 한다고 하면 이것은 분명히 잘못된 것이다. 경남도가 직무를 유기한다고 해야 할 것이다.

광역지방정부인 시·도가 할 수 없는 일도 있다. 인근 시·도의 이해관계가 걸린 사업들이다. 이런 사업들은 정부에서 해야 한다. 예를 들어, 4대강 사업 같은 것은 중앙정부에서 해야 할 것이다. 서울에서 부산까지 연결하는 철도 및 고속도로 역시 중앙정부가 해야 할 사업이다.

중앙정부가 해야 할 가장 중요한 일은 국방과 외교다. 지방정부는 지방정부 나름대로 외국의 지방정부와 협력관계를 맺게 되지만 외교는 중앙정부의 몫이다.

그런데 우리나라의 지방자치는 아직 완전한 지방자치가 아니다. 시장·군수가 주민에 의해 직접 선출된다는 점, 인사권을 가지고 있다는 점, 예산 집행권을 가지고 있다는 점 외에는 전혀 지방자치가 아니라고 할 수 있다. 고성읍의 인구는 고성 전체 인구의 40%가 넘는 2만5천 명에 이른다. 고성읍장의 역할은 다른 면장들과는 근본적으로 다르다. 그런데 면장과 마찬가지로 고성읍장도 사무관이다. 고성읍장은 그 역할로 볼 때 서기관이 되어야 한다. 그러나 그렇게 할 수 있는 권한이 군수인 나에게 없다. 그 권한은 경남도지사도 아닌 행정안전부 장관이 가지고 있다. 지방분권이다, 지방자치다 말은 하지만 정작 중요한 권한은 중앙에서 가지고 있다. 중앙정부에서 가진 권한을 지방정부에 넘겨주지 않으려는 것이 중앙정부에 근무하는 공무원들의 생각인 것 같다. 그 권한을 넘겨주면 중앙정부의 힘이 없어진다고 생각하는 것 같은 느낌이 들기도 한다. 예산도 마찬가지다. 세금의 80%를 중앙정부에서 받고 있다. 그러니까 오늘 우리나라의 지방자치는 온전한 지방자치가 아니라는 말이다.

중앙정부가 가진 권한을 기초지방정부와 광역지방정부에 과감하게 이양해 줄 때 우리나라의 지방자치는 진정한 지방자치가 될 수 있을 것이다. 외교와 국방을 제외한 대부분의 업무를 과감하게 지방정부에 이양해 주게 되는 그날 우리의 지방자치는 그 꽃을 활짝 피우게 될 것이다.

나는
진정한 서민

10

고성군수로 취임하면서 나는 네 가지 군정방침을 정했다. 그 첫 번째가 서민우선 행정이었다. 군정을 수행하면서 서민을 내 마음의 중심에 두자는 뜻에서였다. 서민이 우리 군민의 중심이라고 생각하면서 군수직을 수행하려고 애썼다. 서민이란 저소득계층, 장애인, 독거노인, 소년소녀 가장, 국가유공자 등 우리 주위에서 어려움을 겪거나 소외되어 있는 분들이다. 이분들을 군정 수행의 중심에 두기 위해서 서민우선 행정을 군정방침의 제일 첫 번째로 정했다.

그런데 내가 말하는 서민우선 행정은 단순히 서민들에게 재정적 지원만 해 주자는 것이 아니다. 서민들의 마음을 보듬고 서민들과 함께 하자는 것이다. 그분들이 가장 마음 아파하는 부분에 내가 동참해야 된다고 생각했다. 그래서 그분들과 많은 대화를 하려고 노력했다.

만일 나에게 또 다른 더 큰 역할이 주어진다고 하면 나는 서민을 위한 행정을 최우선으로 하고 싶다. 내가 군수로서 미처 하지 못한 많은 일들을 그 위치에서 해 보고 싶다. 서민들이 자립할 수 있고 서민들이 스스로 우리 사회의 중심이라는 마음을 가질 수 있도록 해 드리고 싶다. 서민들이 행복한 사회, 그런 사회가 올바른 사회라는 것이 나의 생각이다.

왜 내가 이렇게 서민을 위한 행정을 강조할까 하고 그 이유를 가만히 생각해 보았다.

어린 시절이 생각난다. 초등학교에 다니던 1960년대 우리나라는

노인 요양원을 방문하다

정말 가난했다. 지금 우리보다 훨씬 가난한 필리핀도 당시에는 우리나라에 비해 훨씬 더 부유한 국가였다.

우리 집은 동네에서도 아주 가난한 편에 속했다. 아버지가 세상에 태어나자마자 할아버지께서 돌아가셨고 할머니 혼자 아버지를 키우셨다. 끼니를 굶는 것은 가끔이 아니라 보통으로 있는 일이었다. 학교를 다녀오면 얼마나 배가 고팠던지 모른다. 하루는 너무 배가 고파 밥을 달라고 울었다. 할머니께서 상추 잎을 하나 뜯어 옆집에 가서 밥을 한 숟갈 얻어 내 입에 넣어주시던 생각이 난다.

그런 집안 사정이었으니 우리 형제들은 초등학교에 다니는 것만으로 만족해야 했다. 5남매인 우리 형제들은 모두 중학교에 진학해 보는 것이 소원이었지만 그럴 수 있는 집안 형편이 전혀 되지 못했다. 그런 내가 중학교에 입학할 수 있게 된 데는 기막힌 사연이 있다.

중학교 입학시험 시기가 다가왔을 때의 이야기다. 다른 친구들은 입학시험을 친다고 난리인데 나 혼자 멍하니 시간을 보내야 했다. 아버지께 제안을 했다.

"아버지, 고성읍에 있는 고성중학교에 시험 치지 않고 당동에 있는 고성동중학교에 시험 쳐서 장학생이 되겠습니다. 장학생이 되면 입학금과 등록금을 내지 않아도 됩니다."

내 실력으로 고성에서 제일 큰 고성중학교 장학생이 될 자신은 없었다. 그래서 면 소재지에 있는 고성동중학교에 입학시험을 쳤다. 내 목표는 장학생이 되는 것이었다. 장학생은 입학성적 3등 이내라야 가능했다. 입학성적 발표가 있는 날, 학교 벽보를 쳐다보는 나의 관심은 장학생이냐 아니냐였다. 이게 웬일인가? 나는 장학생이 되지 못했다. 그런데 내 성적은 장학생 다음의 최고 성적 즉 4등이었다. 나는 너무 억울하고 슬펐다. 차라리 성적이 아주 좋지 않았으면 억울하지나 않았을 텐데 말이다. 혼자 울면서 학교에서 집에까지 오는 약 6km의 길이 왜 그리 멀었던지 모르겠다.

며칠 후 중학교 입학금을 납부하라는 통지서가 왔다. 그러나 우리 집은 입학금을 납부할 수 있는 형편이 되지 못했다. 3등만 되었어도 중학생이 될 수 있었는데 하고 생각하니 억울하다는 생각이 자꾸 들었다. 입학금 마감일 전날 밤, 나는 너무 억울하다는 생각에 잠을 이룰 수가 없었다. 눈물이 쏟아져 내렸다. 잠도 자지 않고 울고 있는 나를 아버지도, 어머니도 어떻게 할 수 없었다.

그런데 사건은 그 다음날 일어났다. 군대 입대를 불과 1주일 앞두고 있던 큰 형님이 우리 집의 유일한 재산이었던 밀송아지를 아버지 몰래 고성장에 가서 팔아 나의 등록금을 내어 버리고 말았다. 아마 자신이 이루지 못한 중학교 입학의 꿈을 동생인 내가 이루라고 하는 간절한 바람에 사고를 내어 버린 것 같았다. 밀송아지란 대규모의 가축을 하는 지금은 존재하지 않는 이름이다. 당시 남의 집 송아지를 가져와서 키운 다음 어미 소가 되어 새끼를 낳으면 어미 소는 주인에게 돌려주고 송아지는 어미 소를 키운 사람이 가졌다.

그 송아지를 밀송아지라고 했다. 그때 밀송아지는 우리 집의 가장 큰 재산이었다. 그 송아지를 팔아 버렸으니 아버지는 크게 화를 내셨고 형님은 집에서 도망 나가 1주일간을 이곳저곳 전전하다 군대에 입대해 버렸다.

중학교에 입학한 후 나는 계속 장학생으로 학교를 다닐 수 있었다. 그리고 고등학교는 이제 막 문을 연 고성종합고등학교에 입학했다. 입학성적 2등을 하여 장학생이 될 수 있었다. 대학은 입학금과 등록금이 전혀 필요하지 않은 해군사관학교에 입학했다.

어린 시절과 청년시절을 이렇게 어렵게 살아온 나는 스스로를 서민이라고 자신 있게 말한다. 눈물 젖은 빵은 먹어 본 사람이라야 그 맛을 안다는 말이 있지 않은가? 내가 서민 생활을 했으니 서민의 마음을 누구보다 더 잘 알고 있다고 스스로 생각하고 있다. 그러나 더 중요한 것은 서민의 아픔을 정확히 알고 그 아픔을 해결하려고 노력하고 또 해결해 주는 것이다.

서민 중의 서민은 누구일까? 나는 전혀 주저하지 않고 농민이라고 대답한다. 우리 삶의 근본인 먹거리를 생산하는 사람들이 농민이다. 도시가 아닌 농촌에 살고 있다. 도시에 사는 서민들의 부모들이 지금 농사를 짓고 있으니 서민들의 아버지요 어머니다. FTA(자유무역협정)로 인해서 가장 피해를 입는 사람들이 농민들이다. 농민은 서민의 대명사다. 도시의 재래시장에 가서 상인들과 손잡고 악수한다고 해서 서민을 위하는 것이 아니다. 장애인 시설을 찾아보고 경로당 노인들을 찾아본다고 해서 서민을 위하는 것도 아니다.

　진정으로 서민을 위한다면 서민 중의 서민인 농민들의 삶의 터전인 농업에 관심을 가져야 한다고 생각한다. 그것이 농민들을 위하는 것이기 때문이다. 나는 농업에 나의 모든 관심을 쏟았다. 그리고는 우리 농업에 희망이 없다는 사실을 깨달았다. 친환경농업은 더욱 절망적이라는 사실을 알게 되었다. 그래서 우리 농업을 경쟁력 있는 농업으로 만들기 위한 길을 찾기 위해 나의 모든 정열을 쏟았다. 그리하여 내가 얻게 된 해답이 생명환경농업이었다. 생명환경농업은 친환경농업의 문제점인 고비용·저수확을 저비용·다수확으로 바꾼 우리 농업의 혁명이다. 나는 이렇게 주장한다.

　"생명환경농업은 우리 농업의 혁명이며 대한민국의 희망이다."

　이렇게 농민의 아픔을 알고 그 아픔을 해결하려고 노력했고 그 해답을 찾아낸 내가 진정 서민이라고 나는 확신한다.

나는
경영형 군수

II

　나는 군수를 '방어형 군수'와 '공격형 군수' 두 가지 형태로 나누고 싶다. 방어형 군수는 향후 문제를 일으킬 가능성이 있는 일, 실패할 가능성이 있는 일은 하지 않는다. 따라서 방어형 군수의 경우에는 문제를 일으키거나 실패할 걱정을 하지 않아도 된다.

　그러나 공격형 군수의 경우에는 향후 문제를 일으킬 가능성이 있는 일, 실패할 가능성이 있는 일인 경우에도 지역을 위해 도움이 된다고 생각하면 도전한다. 따라서 문제를 일으키거나 실패할 위험을 항상 안고 있다.

　'방어형 군수'를 다른 말로 표현하면 '관리형 군수'라고 할 수 있다. 관리형 군수는 인기관리형 군수를 줄인 말이다. 다음 선거를 위해서 인기관리를 잘 해 나가는 군수가 인기관리형 군수 즉 관리형 군수다. 관리형 군수는 군민을 많이 만난다. 군민들은 군수와 직접 만나는 것을 좋아하기 때문이다. 군민들과 만나 대화하고 민원도 들어 준다. 정말 바람직한 군수처럼 여겨진다. 이런 군수는 여론조사에서 당연히 최고점수를 받게 된다.

'공격형 군수'는 다른 말로 표현하면 '경영형 군수'라고 할 수 있다. 경영형 군수는 지역을 경영해 나간다. 지역 발전을 위해 무엇을 어떻게 해야 할 것인지 고심한다. 지역을 어떻게 브랜드화化시킬 것인지 생각하고, 지역이 나아가야 할 방향을 고심하며, 중앙정부와 도에서 더 많은 예산을 확보해오기 위해 노력한다. 이러다 보니 경영형 군수는 군민들과 자주 만나 대화를 하지 못한다. 참 나쁜 군수처럼 여겨진다. 이런 군수는 여론조사에서 좋은 점수 받기는 틀렸다.

5년 6개월 동안 주행기록

나는 군수로 취임하자마자 방어형 군수, 즉 관리형 군수가 되지 못하고 공격형 군수, 즉 경영형 군수가 되고 말았다. 군민들을 자주 만나지 못했다. 대신 중앙부처로, 경남도로 자주 출장을 갔다. 고성의 브랜드를 만들기 위해, 고성이 나아가야 할 방향을 잡기 위해 많은 시간을 할애했다.

관리형 군수와 경영형 군수를 겸비한 관리경영형 군수가 되면 얼마나 좋겠는가? 그러나 한정된 시간과 에너지로 두 가지를 모두 만족시킨다는 것은 현실적으로 불가능하다.

관리형 군수는 현실 안주를 택하는 군수다. 군수의 기득권을 지키려 한다. 개척이나 개혁과 같은 단어는 별로 좋아하지 않는다. 그러나 경영형 군수는 현실 안주를 택하지 않는다. 늘 새로운 분야를 개척하려 한다. 기득권을 지키려 하지 않고 개혁을 위해 과감히 도전한다.

다음 선거를 생각한다면 당연히 관리형 군수가 되어야 한다. 그럼에도 불구하고 군수에 취임하자마자 나는 경영형 군수의 길을 택하고 말았다. 군수에 취임한 순간부터 고성을 위해 무엇을 어떻게 해야 할 것인가를 고심하기 시작한 것이다. 우리 후손들에게 자랑스럽게 물려줄 수 있는 고성시를 어떻게 만들 것인가를 고심하고 또 고심했다. 그 결과 내가 생각해 낸 답은 '현실 안주'가 아닌 미래를 위한 '도전'이었다. 실패의 위험을 무릅쓴 도전 이외에는 고성을 발전시킬 그 어떤 방법도 없다는 결론에 도달했기 때문이다. 내가 군수에 취임한 순간부터 관리형 군수가 되지 않고 경영형 군수가 된 이유가 여기에 있다.

수도권에 가서 사람을 만나면 나를 강원도 고성군수로 생각하는 경우가 많았다. 경남 고성이 그만큼 알려지지 않았기 때문이다. 강원도 고성은 산불로 많이 알려졌을 뿐만 아니라 통일전망대가 있는 곳이기도 하다. 그래서 나는 먼저 우리 고성의 브랜드부터 만들어야 되겠다고 생각했다.

외국의 국제공항에 가 보면 삼성전자 이름이 새겨진 손수레를 자주 볼 수 있다. 삼성전자에서 무료로 제공해 준 것이다. 삼성 TV도 공항 대기실에서 종종 볼 수 있다. 마찬가지로 삼성전자에서 무료로 제공해 준 것이다. 왜 무료로 제공해 주었겠는가? 브랜드 효과를 얻기 위해서였을 것이다.

기업과 마찬가지로 지방자치단체 역시 브랜드의 가치는 대단히 중요하다. 브랜드화 된 지역은 농산물을 비롯한 지역 상품을 판매할 때 훨씬 유리한 입장에 놓이게 된다. 고성이라고 하면 강원도 고성을 먼저 떠올리는 상황에서 우리 고성의 특산물을 어떻게 효과적으로 홍보하고 판매할 수 있겠는가? 경남 고성을 전국에, 나아가 전세계에 널리 알리는 것이 무엇보다 중요하다고 생각했다.

어떻게 하면 고성을 널리 알릴 수 있겠는가? 사람이 많이 모이는 지역에 고성을 알리는 대형 광고판이라도 하나 세우면 될까? 물론 세우지 않는 것보다는 고성을 알리는데 도움이 될 것이다. 그러나 고성의 브랜드를 정착시키는 최선의 방법이라고는 할 수 없을 것이다. 내가 공룡세계엑스포를 개최해야 되겠다고 생각한 이유가 바로 여기에 있다.

그러나 도 단위 행사 경험도 없는 고성군에서 전국행사도 아닌 국제행사를 한다고 하니 모두 불가능하다고 했다. 그러나 나는 다른 각도로 생각했다. 즉 불가능하다고 하는 것을 성공시켜야 고성의 진정한 브랜드가 만들어질 수 있다고 말이다. 그렇지만 그렇게 하는 데에는 실패의 위험이 너무 컸다. 정부로부터 국제행사 승인을 받는 것도 힘들지만, 승인을 받는다 하더라도 엄청난 예산을 확보하는 일도 결코 쉬운 일이 아니기 때문이다. 이 모든 것이 가능하다 하더라도 엑스포를 성공시킨다는 보장 또한 없지 않은가? 어느 면을 보더라도 공룡세계엑스포는 나에게 커다란 모험이었고 도전이었다. 방어형 관리가 아니라 공격형 경영이었다.

고성의 인구가 40여 년 동안 계속 감소하고 있었다. 인구가 증가할 수 있는 어떤 요인도 없었기 때문이다. 농촌 지역의 군수들은 인구를 증가시키기 위해 온갖 노력을 한다. '주민등록 고향 옮기기 운동'도 한다. 그러나 별로 효과가 없다. 그런 운동들이 단기적으로는 인구 증가에 도움이 될지 모르지만 근본적인 대책은 되지 못하기 때문이다. 인구가 증가할 수 있는 요인을 만들어야 했다. 내가 조선산업특구 지정을 추진하게 된 이유가 바로 여기에 있다. 그러나 육지의 그린벨트와 같은 바다의 수산자원보호구역에 조선소를 짓겠다고 덤빈다는 것은 군수직을 담보한 위험하기 짝이 없는 모험이고 도전이었다. 내가 내 자신을 관리형 군수가 아닌 경영형 군수라 부르는 이유가 여기에 있다.

고성군은 농민이 군민 전체의 50%에 이른다. 내가 공룡엑스포와 조선산업특구를 추진하는 동안 농민들은 나에 대한 서운한 마음을 숨기지 않았다.

"우리 군수님은 농업에는 아예 관심이 없어. 농업의 '농'자도 몰라."

고성 농업을 어떻게 발전시켜야 할 것인지 깊이 생각해 보았다. 그동안 중앙정부와 지방자치단체에서 농업과 농촌에 지원한 돈은 엄청났다. 그렇지만 농업과 농촌을 살려 내지 못했다. 근본적인 처방이 아니었기 때문이다.

우리 농업이 나아가야 할 방향은 친환경농업이 분명하다. 그러나 지금의 친환경농업으로는 결코 경쟁력을 가질 수 없다. 내가 친환경농업과는 전혀 다른 생명환경농업에 도전하게 된 이유가 여기에 있다. 아무도 도전하지 않았던 전혀 새로운 방법의 농업에 대한 도전은 실패의 위험을 안고 있었다. 군수직을 걸지 않으면 결코 도전할 수 없는 일이었다. 나는 아무래도 관리형 군수는 될 수 없었나 보다. 경영형 군수임에 틀림없었다.

조선산업특구 지정 이후 인구가 계속 증가했다. 그러나 그 증가 속도에 한계가 있었다. 그 이유는 자녀 교육 문제 때문이었다. 그래서 나는 고성을 전국 제일의 글로벌 명품 보육도시, 교육도시로 만들겠다고 선언했다. 경남 제일이 아니라 대한민국 제일이라고 했다. 이러한 나의 발상은 결단코 관리가 아니었다. 분명 경영이었다.

3가지 혁명으로
경남의 기적을

12

　우리나라에서는 1970년대부터 섬유공업과 중화학공업이 발달하기 시작하면서 일종의 산업혁명이 일어났다. 그 혁명은 온 국민이 한 마음으로 뭉쳤던 새마을운동 덕택에 30년 만에 대성공을 거두었다. 그 결과 가난한 후진국이었던 우리나라는 선진국의 대열에 들어서게 되었다. 정말 깜짝 놀랄 일이지 않은가? 서방에서 300년에 걸쳐 이루었던 산업혁명을 우리는 불과 30년 만에 이루어 내었으니 말이다. 그 후 자동차산업과 조선산업이 발달했으며 지금은 반도체산업과 휴대폰산업이 우리나라 산업을 이끌어 가고 있다. 그렇다면 우리나라 산업을 이끌어 가게 될 차세대산업은 무엇일까?

　대통령 선거에 출마하고자 하는 후보들 모두 일자리를 창출하겠다고 목소리를 높이고 있다. 일자리 창출이 그만큼 중요하다는 뜻이다. 그런데 어떻게 하여 일자리를 창출할 수 있겠는가? 지금의 주요 산업인 자동차산업, 조선산업, 휴대폰산업, 반도체산업에서의 일자리는 이미 한계에 와 있다. 기존의 산업에는 일자리 창출에 한계가 있으니 기존의 산업이 아닌 다른 산업에서 일자리를 찾을 수밖에 없을 것이다. 그렇다면 그 새로운 산업은 무엇일까?

IT시대를 이어 우리 시대를 이끌어 갈 차세대산업은 LT산업이라고 한다. LT산업은 Life Technology 즉 생명산업을 뜻하는 것으로 미생물, 곤충, 식물, 동물, 종자, 유전자, 물 등 생명과 관련된 산업이다. 선진국에서는 이미 생명산업에 많은 관심을 기울이고 있다.

먼저 생명산업은 미개척분야다. 미생물 520만 종 중에서 배양 가능한 것은 2%인 12만 종에 불과하다고 한다. 곤충 130만 종, 식물 30만 종 중에서 성분과 기능이 확인된 것 역시 2%에 불과하다고 한다. 98%가 아직 개발되지 않았다. 그만큼 개발 분야가 엄청나게 많다는 이야기가 된다. 따라서 일자리 창출이 무한하다는 뜻이다. 또 중요한 것은 생명산업은 부가가치가 아주 크다는 사실이다. 예를 들어 토마토, 파프리카 등의 종자 1g 가격은 금 1g가격보다 2~3배나 된다고 한다. 부가가치가 높은 산업이라는 말은 돈이 되는 산업이라는 말이지 않은가? 생명산업은 그 시장규모가 자동차산업보다 크며 IT산업에 버금갈 정도로 크다고 한다.

생명산업은 다른 산업과는 달리 국민갈등을 전혀 일으키지 않으며 국민을 화합시키는 산업이라는 큰 장점을 가지고 있다. 예를 들어, 4대강 사업의 경우 얼마나 많은 국민 갈등을 일으켰는가? 환경보호다, 환경파괴다 하고 서로 다른 주장을 하고 있으며 찬성론자와 반대론자가 극렬하게 대립하고 있다. 그러나 생명산업은 그렇게 할 이유가 전혀 없다. 환경론자도 좋아하고 개발론자도 좋아할 수밖에 없는 산업이 바로 생명산업이다.

나는 군수로서 우리나라 최초로 생명환경농업을 시도하여 5년 동안 성공시켜 나가고 있다. 생명환경축산도 성공시키는 기적을 일으켰다. 생명환경숲도 8년째 조성해 나가고 있다. 내가 시작한 생명환경농업, 생명환경축산, 생명환경숲은 생명산업시대를 여는 첫 단추라고 생각한다. 그러나 시골군수로서 이 엄청난 일을 추진해 나가는 것이 결코 쉽지 않다.

만일 나에게 더 큰 역할이 주어진다고 하면, 예를 들어 내가 경남도를 책임지는 위치에 있게 된다고 하면 나는 에너지혁명, 물혁명, 농·수·축산업혁명을 일으키면서 경남을 '대한민국의 기적의 땅'으로 만들고 싶다. 왜냐하면 내가 말한 이 3가지 혁명은 지금 우리가 생각하고 있는 상식을 뒤엎는 엄청난 대사건이기 때문이다.

내가 생명환경농업을 처음 시도했을 때 모두 불가능하다고 했다. 농업을 모르는 군수가 패기만 가지고 저런 무모한 짓을 한다면서 비웃는 사람이 많았다. 그러나 내가 시도한 생명환경농업은 성공했다. 마찬가지로 나는 이 3가지 혁명을 꼭 성공시킬 것이다.

생명환경농업, 생명환경축산을 경남 전역으로 확대하고 싶은 것이 나의 간절한 바람이다. 생명환경수산도 시도할 것이다. 그래서 경남을 농업, 수산업, 축산업의 세계적인 선도 지역으로 만들고 싶다. 경남에서 생산되는 생명환경농산물, 수산물, 축산물을 세계 각국에서 선호할 수 있도록 하고 싶다.

생명환경축산을 하게 되면 경남에서는 축분 처리 문제로 인한 문제점이 완전히 해결될 것이다. 축분 처리로 인한 민원도 사라지게 될 것이다. 경남에서는 축산의 대혁명이 일어나게 될 것이다. 얼마나 가슴 뿌듯한 일인가?

내가 일으키고 싶은 또 한 가지 혁명은 물 혁명이다. 우리나라에는 1년에 1,300㎜나 되는 많은 비가 내린다. 그런데 우리나라는 물 부족국가라고 알려져 있다. 아주 모순되는 말 아닌가? 비가 1,300㎜나 내리는데 물 부족국가라고 하니 상식적으로 모순되는 말이 틀림없다. 그런데 어느 누구도 여기에 대해 반박을 하거나 의문을 제기하지 않는다. 나는 제3회 공룡세계엑스포의 주제를 '하늘이 내린 빗물, 공룡을 깨우다'로 하면서 주장했다.

"우리나라는 물 부족국가가 아닙니다. 우리나라는 빗물관리 부족국가입니다. 우리나라는 빗물만 잘 관리하면 물이 풍부한 나라입니다. 뿐만 아니라 빗물만 잘 관리하면 홍수피해를 크게 줄일 수 있습니다. 가뭄 피해도 크게 줄일 수 있습니다. 빗물이 전혀 관리되지 않기 때문에 비가 조금만 오면 홍수가 나고 비가 조금만 오지 않으면 가뭄이 옵니다. 빗물관리는 우리의 생명관리입니다."

나에게 기회가 주어진다고 하면 경남에서 물 혁명을 일으키고 싶은 간절한 소망을 가지고 있다. 물이 풍부한 경남을 만들고 싶다. 홍수 피해와 가뭄 피해가 없는 경남을 만들고 싶다. 이 혁명을 이룰 수 있는 기회가 나에게 주어지기를 간절히 소망해 본다.

마지막으로 내가 일으키고 싶은 혁명은 에너지혁명이다. 지금 우리 사회에서는 에너지 수요가 폭증하고 있다. 냉방수요가 급증하는 여름은 물론 겨울철에도 블랙아웃(대정전) 우려가 심심찮게 제기되고 있다. 에너지 수요는 앞으로 더욱 증가할 것이다. 그런데 에너지 공급이 큰 문제점으로 떠오르고 있다. 원자력 발전소를 건설한다는 것은 현실적으로 거의 불가능한 일이다. 화력발전소 건설 역시 쉽지 않다. 화력발전소를 가동하기 위한 석탄 공급 역시 언젠가는 한계에 도달할 것이다. 그런데 생명산업에 의한 에너지는 그 자원이 무한하다. 아무런 민원을 일으키지 않는다. 에너지혁명을 일으킬 수 있기를 간절히 소망해 본다.

이 3가지 혁명을 통해서 경남을 '대한민국의 기적의 땅'으로 만들고 싶은 것이 나의 간절한 바람이다.

1970년대 우리나라는 새마을운동을 통해서 조국근대화를 이루었다. 만일 새마을운동이 없었다고 하면 지금의 세계 10대 경제대국 대한민국은 결코 존재하지 않았을 것이다. 지금도 우리는 배고픔에 허덕이면서 후진국 신세를 면하지 못하고 있을 것이다.

그런데 우리는 지금 국민소득 2만 달러에 오랫동안 머무르고 있다. 왜 그럴까? 국민소득 2만 달러를 뛰어 넘어 3만 달러, 4만 달러로 갈 수 없을까? 그 답은 바로 생명산업이다. 생명산업을 통해 국민소득 3만 달러, 4만 달러를 이루어 낼 수 있다. 내가 일으키고자 하는 농·수·축산업혁명, 물혁명, 에너지혁명은 우리나라가 생명산업시대로 들어서는 문을 열게 될 것이다.

지금 우리나라 국민은 보수와 진보, 좌와 우로 나뉘어져 심한 갈등을 일으키고 있다. 이렇게 심한 갈등 속에서는 결코 세계 속에 우뚝 서는 대한민국을 만들 수 없다. 이 갈등을 없애야 할 것이다. 그 답은 바로 생명산업이다. 나의 이 꿈이 실현될 수 있기를 간절히 기도한다.

고성의 기적을
경남의 희망으로

13

고성은 인재의 고장이라고 알려져 있다. 한때는 중앙부처 공무원 숫자가 전국 시·군 중에서 가장 많았다고 한다. 그렇게 많은 인물을 배출한 인재의 고장임에도 불구하고 정작 고성은 인근 도시에 비해 낙후되어 있었으며 쇠퇴일로를 걷고 있었다. 차라리 고성을 조각내어 통영, 사천, 진주, 마산에 통합시켜 버리자는 말까지 나왔다. 고성에는 아무 희망이 없다면서 한탄하는 소리가 터져 나왔다.

"고성에서 인재가 많이 나오면 뭐해? 정작 고성은 다 망해 가고 있잖아? 자기들만 출세했지 고향을 위해서 한 것이 하나도 없어. 옛날에는 우리가 통영보다 인구가 많았고 그래서 국회의원도 고성 출신이 했는데 말이야."

오죽했으면 민선 초대 이갑영 군수가 군정구호를 '발전합시다'로 했겠는가? 발전은 고성군민의 간절한 소망이었고 애타는 갈망이었다. 그러나 '발전합시다'라는 구호에도 불구하고 고성은 발전되지 않았고 인구는 계속 줄어들고 있었다.

나는 2002년 군수에 당선되자마자 '기적'이라는 단어를 넣어 군정구호를 이렇게 만들었다.

"신고성 건설의 소가야의 기적 우리가 이루어 냅시다!"

그리고 '인구 10만 신고성 건설'을 소제목으로 붙였다.

2012 경남고성공룡세계엑스포 행사장에 항공시진

인구가 계속 감소하고 있는데 '인구 10만 신고성 건설'을 소제목으로 정한 것은 말도 안 된다는 생각이 들었다. 겁이 덜컥 났다. 생각을 해 보라. 일반적인 시각으로, 고성을 인구 10만 도시로 만든다는 것이 가능한 일이겠는가?

인구 10만의 새로운 고성을 만든다는 것은 '기적'이 아니고는 불가능한 일이었다. 나는 그 기적을 우리 고성의 옛 이름을 따서 '소가야의 기적'이라 부르고 싶었다. 그 기적을 남이 아닌 '우리가' 이루어 내자고 했다. '이루어 내자'란 것은 반드시 뜻을 성취하자는 의지를 담은 것이다.

그러나 고성군민들은 내가 만든 그 구호의 내용을 의미 있게 받아들이지 않았다. 전임 군수가 만든 '발전합시다'라는 구호를 없애고 대신 만든 하나의 구호로만 생각했다. 그러나 나는 나 자신에게 다짐하고 또 다짐했다.

"반드시 우리 고성에서 기적을 만들어 내자."

인구가 줄어드는 것을 40여 년간 몸으로 느끼고 체험하면서 고성군민들은 '자신감'을 완전히 상실해 버렸다. 마산, 진주, 사천, 통영 등 4개 시에 둘러싸여 있는 농촌군 고성! 그 고성에는 희망의 불빛이 꺼져가고 있었다. 고성군민들은 아예 자포자기하고 있었다.

"고성은 잘 사는 고장이 되기는 틀렸어. 우리 고성에는 전혀 희망이 없어."

이처럼 절망감에 깊숙이 빠져 있었다. 그런 고성군민들에게 '신고성 건설의 소가야의 기적 우리가 이루어 냅시다'라는 구호가 어떻게 가슴에 와 닿을 수 있었겠는가?

가장 심각한 문제는 고성 군민들 가슴속 깊이 뿌리내리고 있는 '자신감' 상실이었다. 따라서 고성 군민들에게 자신감을 심어 주는 것이 가장 중요하다고 생각했다. 우리도 할 수 있다는 자신감, 우리 고성도 잘 살 수 있다는 자신감 말이다. 군민들에게 어떤 방법으로 자신감을 심어줄 수 있겠는가? 나는 이 답을 얻기 위해 한참을 고심해야 했다.

40여 년 전 해사 생도시절 받았던 수영훈련의 기억을 떠올렸다. 15일간의 수영훈련 마지막 날 우리는 왕복 8km의 원영에 도전했다. 그 먼 거리를 왕복 수영할 것을 생각하니 걱정이 태산 같았다. 우리는 6열 종대로 질서 있게 출발했다. 해군가를 부르면서 그리고 수영 자세를 바꾸어 가면서 8km의 거리를 수영했다. 그 원영을 끝낸 후 내가 얻은 가장 큰 수확은 다름 아닌 '자신감'이었다.

"이제 나는 태평양 한 가운데에 혼자 떨어진다 해도 살아남을 수 있어! 나는 이제 수영에 대해 자신을 가지게 되었어! 수영이 아니라 그 어떤 일도 해 낼 수 있어!"

불가능으로 여겨졌던 원영을 성공시키고 난 후 수영뿐만 아니라 모든 일에 자신감을 가지게 되었다. 불가능을 가능으로 바꾼 뒤 얻게 되는 자신삼, 바로 그것이었다.

만일 우리 군민들이 불가능에 가까운 어떤 목표를 세운 다음 죽을 힘을 다해 그 목표를 성공시킨다고 가정하자. 우리 군민 모두 '자신감'을 가질 수 있지 않겠는가? 내가 원영을 성공시킨 후 '자신감'을 가질 수 있었듯이 말이다. 공룡발자국을 활용하여 공룡세계엑스포를 개최해야 되겠다는 생각을 하게 된 이유가 바로 여기에 있었다.

제1회 공룡세계엑스포가 성공적으로 끝난 후 어떤 분이 내게 말했다.

"군수님, 우리 고향 고성은 말 그대로 固城 즉 굳게 닫힌 城이었습니다. 바깥세상과 완전히 단절된 고장이었지요. 그런데 군수님께서 공룡엑스포를 개최함으로써 수천 년 동안 굳게 닫혀 있었던 성문城門이 활짝 열렸습니다."

공룡엑스포를 통해서 고성은 경남 고성에서 세계 고성으로 다시 태어나게 되었다. 군민들은 '할 수 있다'는 자신감을 얻었고 그것은

2012 경남고성공룡세계엑스포 행사장을 찾은 관람객들의 모습

우리 고성의 커다란 자산이 되었다.

고성군민들은 공룡세계엑스포에서 얻은 자신감을 가지고 수산 자원보호구역에 조선산업특구를 성공시키고 생명환경농업을 성공시키는 등 고성에 새로운 기적을 일으키기 시작했다.

'신고성 건설의 소가야의 기적 우리가 이루어 냅시다'라고 하는 우리 고성군민의 구호는 이제 단순한 구호가 아니라 현실화되어 가고 있는 것이다.

고성군수로서의 나의 역할은 막을 내려가고 있다. 이제 내 눈에 경남이 보이고 내 가슴에 경남이 와 닿는다. 10년 전에 고성이 내 눈에 보이고 내 가슴에 와 닿았듯이 말이다.

이제 경남을 바꾸어 놓고 싶다. 경남에 기적을 일으키고 싶다. 고성을 바꾸고 고성에 기적을 일으켰듯이 말이다. 고성군민에게 자신감을 심어 주었듯이 경남도민에게 자신감을 심어 주고 싶다.

공룡세계엑스포

성공의 기적

무모한 공룡세계엑스포
개최 선언

고성군 하이면의 상족암 바위에 찍혀있는 흔적이 학자들에 의해
공룡발자국인 것으로 처음 확인된 것은 1982년이다. 그 후 지금까
지 고성 전역에서 무려 5,000여 개의 공룡발자국이 발견되었다. 고
성은 미국의 콜로라도, 아르헨티나 서부해안과 더불어 세계 3대 공
룡발자국 화석지이며 밀집도 면에서는 세계 최고를 자랑하는 곳이
다. 이렇게 많은 공룡발자국이 발견되고 있는 고성은 누가 뭐래도
공룡나라임에 틀림없다. 바닷가에서도 발견되고 육지에서도 발견
되고 산 중턱에서도 발견된다. 옛날 중생대 시대에 고성에서 살았
던 공룡들은 약 6천만 년 전 모두 멸종되고 지금은 그들이 살았던
흔적, 즉 발자국만 이렇게 남아 있다.

고성에서는 내가 군수로 취임하기 몇 년 전부터 '공룡나라축제'를 개최하고 있었다. 그리고 그 축제는 국가지정축제였다. 공룡발자국이 천연기념물 411호였기 때문에 처음부터 국가지정축제로 개최되었던 것 같다. 그러나 안타깝게도 내가 군수로 취임한 해에 공룡나라축제는 국가지정축제에서 탈락되고 말았다. 탈락된 가장 중요한 이유는 축제의 테마가 공룡이 아니었기 때문이라고 했다. 국가지정축제에서 탈락된 공룡나라축제는 그 격이 아주 낮아졌다. 정부로부터 예산 지원도 받을 수 없게 되었다. 고성의 대표축제가 아주 형편없이 되어 버린 것이다.

축제를 하는 목적이 무엇인가? 축제를 개최하는 가장 큰 목적은 그 지역의 대표적인 문화(유형이든 무형이든)를 선정하여 더욱 발전시키기 위한 것이다. 축제를 개최하는 또 다른 중요한 목적은 지역경제를 활성화시키기 위한 것이다. 축제 기간에 많은 사람들이 지역을 찾아오게 되고 따라서 식당, 숙박업소 등을 비롯한 지역경제가 활기를 띠게 된다. 축제와 관련된 상품도 등장하게 된다.

그런데 축제를 개최하는 진짜 중요한 목적이 있는데 그게 뭘까? 바로 지역의 '브랜드화'다. 함평 나비축제를 생각해 보자. 나비축제가 유명해지기 전에 누가 함평을 알았는가? 나는 함평이 전라도에 있는지 충청도에 있는지조차 몰랐다. 나비축제가 유명해지면서 함평이 전남에 있는 작은 농촌군이라는 사실을 알게 되었다. 함평이 나비로서 브랜드화 되었기 때문에 함평을 알게 되었다는 말이다.

1980년쯤이었다고 한다. 중앙부처에 근무하는 고성출신 고위 공무원 한 분이 정년을 2년 정도 남겨놓고 있었다. 공직자로서 그분의 마지막 희망은 고향인 고성에서 군수직을 수행하는 것이었다. 그분은 지역 국회의원을 찾아가 상담을 했다고 한다.

"의원님, 제가 고향에서 공직을 마무리할 수 있도록 도와주십시오. 고향을 위해 제 몸을 아끼지 않고 열심히 일하겠습니다."

얼마 후 그분은 고성군수로 발령을 받았다. 그런데 이게 웬일인가? 고성군수로 발령을 받고 기뻐서 어찌할 줄 몰라 했는데 그게 아니었다. 경남 고성군수가 아닌 강원도 고성군수로 발령을 받았기 때문이다.

경남 고성과 강원도 고성은 같은 이름을 가지고 있다. 한자로는 경남 고성은 固城이고 강원도 고성은 高城으로 서로 다르지만 한글 이름에서는 차이가 없다. 경남 고성은 잘 모르고 강원도 고성은 잘 알고 있었던 중앙부처 담당자가 그분을 강원도 고성군수로 발령을 낸 것이었다. 그분은 강원도 고성군수로 공직생활을 마감했다.

업무상 서울 출장을 자주 간다. 중앙부처 및 국회와 긴밀한 협조가 필요하기 때문이다. 놀랄 정도로 많은 분들이 경남 고성을 알지 못했다. 경남에도 고성이라는 지역이 있느냐고 묻는 분들이 있다. 통영과 마산 사이에 있는 작은 농촌군이라고 설명을 해야 했다. 그때마다 자존심이 몹시 상했다.

'아, 우리 고성은 전혀 브랜드화 되어 있지 않구나!'

함평은 나비축제로 브랜드화 되어 있다. 경주는 불국사, 다보탑, 석굴암 등 신라 유적지로 잘 알려져 있다. 전주는 비빔밥으로 유명하다. 강원도 고성은 산불, 통일전망대 등으로 이름이 알려져 있다. 그런데 우리 고성은 브랜드화 된 것이 아무것도 없다. 고성오광대, 고성농요 등 무형문화재가 있긴 하지만 고성을 대외적으로 브랜드화시키는 데에는 역부족이었다.

다른 지역과 차별화된 것이어야 그 지역을 브랜드화시킬 수 있다. 곰곰이 생각해 보았다.

'무엇을 차별화시켜 고성의 브랜드로 만들 수 있을까?'

오랜 고심 끝에 내가 생각해 낸 것이 바로 공룡이었다. 대한민국에서 공룡으로 유명해진 곳은 아직 없었기 때문이다.

'그렇다! 공룡으로 고성을 차별화 시키고 브랜드화 시키자. 고성하면 공룡이 생각나도록 하자!'

차별화시킨 문화는 차등화 되어야 한다. 그래야 진정한 경쟁력

엑스포 개막식에 참석한 주한외국대사들과 함께

을 가질 수 있기 때문이다. 차등화 된다는 말은 수준, 즉 격을 높인다는 뜻이다. 차별화된 공룡의 격을 높여 차등화시켜야 경쟁력 있는 문화가 될 것이다. 그런데 바로 여기에서 문제가 생겼다. 공룡나라축제가 국가지정축제에서 탈락해 버렸기 때문이다. 격을 높이기는커녕 더 낮아져 버린 것이다.

국가지정축제로 다시 지정받으려면 몇 년간 축제를 개최하여 그 평가에서 합격점을 받아야 한다. 너무 긴 시간이 필요했다. 그렇게 하여 설령 국가지정축제로 지정받는다고 하자. 그 축제로 인해서 고성이 크게 브랜드화 되는 것도 아니지 않은가? 바로 이 시점에서 나는 큰 결단을 내렸다.

'공룡축제를 국제행사로 만들자. 공룡세계엑스포를 개최하자.'

솔직히 말해서, 당시 나는 엑스포에 관한 아무런 구체적 계획도 가지고 있지 않았다. 공룡을 차별화시키고 차등화시키기 위해서는 국제행사로 만들어야 된다고 하는 그 생각뿐이었다. 담당과장에게 지시를 내렸다.

"공룡세계엑스포 계획을 수립하여 보고해 주십시오."

그러나 한참의 시간이 지나도 아무런 보고가 없었다. 담당과장은 내가 지시한 내용을 이해하지 못한 것 같았다. 전국 행사는 물론이고 도 단위 행사도 치러 본 경험이 없는 우리 고성 공무원에게 국제행사 계획을 수립하라고 지시를 했으니 보고를 할 수 없는 것이 어쩌면 당연했다.

도비 확보를 위한
노력

O2

국제행사 계획을 수립하라는 지시를 받고도 일을 진행시키지 못한 담당부서에 나의 불호령이 떨어졌다. 나의 불호령이 떨어지자 담당부서를 비롯한 고성군청에 일종의 비상사태가 벌어졌다. 다른 지역에서 준비했던 세계엑스포 사례를 공부하고 공룡엑스포 준비 로드맵Road Map을 작성하는 등 엑스포 계획이 만들어지기 시작했다.

엑스포 개최 시기는 2006년 봄으로 정했다. 전남 해남의 공룡박물관 개관이 2006년 가을로 예정되어 있었기 때문에 그 시기보다 먼저 개최하기 위해서였다. 전남 해남의 공룡박물관 건립비용은 우리 고성의 공룡박물관 건립비용 120억 원보다 4배나 더 많은 520억 원이었다. 예산 규모로 볼 때 해남의 공룡박물관이 개관되면 공룡이라고 하는 브랜드는 해남의 브랜드가 되고 말 것이다. 따라서 우리가 먼저 세계엑스포를 개최하여 공룡이라고 하는 브랜드를 선점 先占하자는 뜻에서 개최시기를 봄으로 정했다.

행사장 면적, 접근성 등을 고려하여 당항포를 엑스포 행사장으로 정했다. 그런데 당항포에는 충무공을 모신 숭충사와 수석전시관 등 몇 개의 작은 전시관만 있을 뿐 국제행사를 치를 수 있는 그 어떤 인프라도 구축되어 있지 않았다. 바다를 매립해 놓은 약 5만 평의 땅이 십수 년째 방치되어 있었고 주차장 부지는 아예 없었다.

휴일에 당항포를 방문해 보면 여기저기서 사람들이 술판을 벌이고 있는 모습을 볼 수 있었다. 당항포는 입장료 1,000원을 받는 그야말로 3류 관광지였다. 이런 3류 관광지에서 국제행사를 개최하기 위해서는 천지개벽에 해당되는 대규모 공사가 필요했다.

당항포 전경

'어떻게 이 3류 관광지 당항포를 국제행사가 가능한 1류 관광지로 만들 수 있단 말인가?'

아무리 고심을 해도 그 해답은 쉽게 떠오르지 않았다. 우리 고성군으로서는 감히 생각도 할 수 없는 엄청난 예산이 필요했기 때문이다. 눈앞이 캄캄했다.

2003년 초 김혁규 도지사가 고성을 공식 방문했다. 고성군청 대회의실에서 간부공무원들과 고성군 각 사회단체 대표들이 참석한 가운데 도지사에게 고성군 현황을 보고하고 건의사항을 전달했다. 현황 보고에서 공룡엑스포를 고성군의 가장 중요한 사업으로 보고했다. 건의사항에서는 공룡엑스포를 성공적으로 개최할 수 있도록 경남도에서 예산을 적극 지원해 달라는 내용 이외에는 다른 건의는 아예 하지 않았다. 엑스포 예산 지원을 강조하기 위해서였다.

당시 김 지사는 공룡엑스포에 대한 확신을 가지지 못하는 것 같았다. 우리 군에서 가장 중요한 사업이라고 보고하고, 예산지원을 적극 건의하는 데다 또 고성군민들이 많이 자리하고 있었기 때문에 마지못해 형식적인 수준의 답변을 해 주었다.

"당항포는 종합적으로 개발 계획을 세우는 것이 좋을 것 같습니다. 전체적인 그림을 그리면서 모든 준비를 해 나갈 수 있기를 바랍니다. 우리 도에서도 당항포에 적극적인 관심을 가지겠습니다."

공룡세계엑스포를 지원해 주겠다는 말은 하지 않았다. 당항포에 대한 종합적인 개발 계획을 세우라고만 했다. 말하자면 '뜬금없이

공룡엑스포 개막식

무슨 공룡세계엑스포를 개최하겠다는 것이냐는 말을 아주 완곡하게 돌려서 표현한 것으로 들렸다.

　그 뒤 고성군 담당부서에서 경남도의 문화관광국을 방문하여 수차례 설명을 하고 경남도의 관심과 예산 지원을 요청했다. 그러나 경남도 문화관광국의 반응 역시 호의적이지 못했다. 공룡이 세계엑스포를 개최할 수 있는 소재가 되느냐는 냉소적인 반응이었다.

　내가 직접 엑스포 개최 계획서를 가지고 도지사실을 찾았다. 공룡발자국 화석의 중요성을 설명하면서 우리나라 최초의 자연사 세계엑스포가 될 것이라고 강조했다. 나의 끈질긴 설득에 김혁규 지사의 마음이 움직이기 시작했다.

"잘 계획하고 준비해 보세요. 우리 도에서 30억 원을 지원해 드리겠습니다."

확신을 가지지 못했던 도지사가 30억 원이라고 하는 숫자를 말한 것은 대단히 큰 진전이었다. 그러나 엑스포를 제대로 치르기 위해서는 30억 원의 도비는 턱없이 부족한 예산이었다. 우리가 원하는 도비 요구액은 150억 원이었다. 그렇지만 30억 원을 말하는 도지사 앞에서 150억 원을 다시 주장할 수는 없었다.

공룡엑스포 개최에 대한 경남도의회의 반응 역시 부정적이었다. 경남도에 20개 시·군이 있는데 한 군의 축제에 막대한 예산의 도비를 집중 투입할 수 없다는 의견이 지배적이었다. 그러니까 도지사가 제시한 30억 원도 도의회 통과가 어려운 상황이었다.

2004년 초 김혁규 지사가 갑자기 지사직을 사퇴하고 비례대표 국회의원이 되었다. 도지사가 약속한 30억 원 예산이 아직 확정되지도 않았는데 도지사가 바뀌는 어려운 상황이 벌어지고 만 것이다.

도지사 보궐선거 결과 나와 함께 군수를 했던 김태호 거창군수가 도지사로 당선되었다. 나는 김 지사에게 그 어떤 중요한 업무보다 공룡세계엑스포가 더 중요하다는 것을 인식시켜 줘야 되겠다고 생각했다.

도지사에 취임한 첫 일요일, 김 지사는 거처를 아직 창원으로 옮기지도 못하고 거창에 머물면서 선거에서 도와준 고향 분들에게 감사 인사를 하고 있었다. 나는 연락도 하지 않고 바로 김 지사의 고향집으로 찾아갔다. 연락을 하면 굳이 올 필요가 없다면서 거창에 오지 못하도록 말릴 것이 뻔하기 때문에 연락을 하지 않았다. 갑자기 내가 고향집에 나타났다는 연락을 받은 김 지사는 매우 당황해했다.

"아니, 형님. 뭐하러 오셨습니까? 다음에 언제든지 만날 수 있는데 번거롭게 집으로 오셨습니까?"

"오늘 꼭 보고드릴 중요한 일이 있습니다. 잠시만 뵈었으면 좋겠습니다."

"어차피 오셨으니 우리 집에서 저녁식사나 같이 합시다."

공룡엑스포 행사장 內 생명환경농업연구소를 방문한 김태호 도지사

그래서 우리는 김 지사 고향집에서 저녁식사를 같이 하게 되었다. 식사를 하면서 김 지사가 물었다.

　　"무슨 일이 그렇게 중요하고 또 긴급하여 이렇게 일요일에 집으로까지 연락도 없이 오셨습니까?"

　　"공룡세계엑스포를 준비하고 있습니다. 고성군에서 처음 개최하는 국제행사입니다. 지사님께서 꼭 도와주시기 바랍니다. 잘 준비하겠습니다. 전체 예산은 350억 원 정도 되는데 경남도에서 150억 원을 도와주시면 고맙겠습니다."

　　공룡세계엑스포에 대한 나의 노력과 열정을 인정한 김태호 지사는 123억 원의 예산을 공룡세계엑스포에 지원해 주었다.

중앙부처 과장 앞에
고개 숙이다

03

공룡엑스포를 국제행사로 만들기 위해서는 국무총리실로부터 국제행사 승인을 받아야 했다. 그렇게 되기 위해서는 먼저 문화관광부에서 국무총리실로 국제행사 승인을 요청하는 절차를 거쳐야 했다. 따라서 우리 고성군으로서는 먼저 문화관광부를 설득시켜야 했다. 말하자면 우리 고성의 공룡발자국이 국제행사 주제로서 가치가 있다는 사실을 분화관광부로부터 인정받는 것이 중요했다.

경남의 여러 현안 문제를 건의하기 위해 김혁규 경남지사가 중앙부처를 방문하는 기회가 있었다. 그때 나는 김 지사와 함께 문화관광부 장관을 만났다. 노타이 차림의 이창동 문화관광부 장관은 우리를 반갑게 맞아 주었다. 경남의 여러 현안에 대한 김 지사의 전반적인 설명이 끝난 후 내가 공룡엑스포에 대해 설명했다.

"공룡은 우리 한반도에서 2억 년 동안 살았습니다. 이들 공룡들은 6천만 년 전 환경 재앙으로 인해 모두 멸종되었습니다. 그들이 살았던 흔적은 지금 발자국으로만 남아 있습니다. 공룡발자국은 대단히 중요한 자연사적인 자료입니다. 우리 고성에서 준비하고 있는 공룡세계엑스포는 우리나라 최초의 자연사 세계엑스포가 될 것입니다. 공룡엑스포가 국제행사로서 승인 받을 수 있도록 장관님께서 특별히 관심을 가져 주시기 바랍니다."

"저를 설득시키는 것보다 실무자를 설득시키는 것이 중요합니다. 실무자가 설득되면 저도 설득됩니다."

이 장관은 나보고 실무자를 설득시키라고 했다. 실무자의 의견이 중요하다는 뜻이었다.

실무자를 설득하기 위해 몇몇 관련 부서를 찾아갔다. 찾아가는 부서마다 반응이 좋지 않았다. 공룡발자국의 중요성을 전혀 인정하려고 하지 않았다. 심지어 이런 황당한 질문을 하는 사람도 있었다.

"바위에 찍혀 있는 그것이 공룡발자국은 확실합니까?"

"그럼 제가 사기를 치고 있단 말입니까?"

이렇게 말하고 싶었지만 꾹 참았다. 또 이렇게 말하는 사람도 있었다.

"엑스포요. 그거 잘 안됩니다. 엑스포 해서 성공한 곳 하나도 없습니다. 하지 않으시는 게 좋을 겁니다."

격려하는 사람은 한 사람도 없었다. 그냥 주저앉고 싶은 심정이었다. 국제행사이기 때문에 국제관광과와 깊은 관련이 있다고 생각하여 마지막으로 국제관광과를 찾아갔다. 과장 자리로 찾아가 고개를 90도로 숙이면서 인사를 했다.

"안녕하십니까? 경남 고성군의 이학렬 군수입니다. 공룡세계엑스포 개최와 관련하여 협조를 받고자 왔습니다."

중앙부처 과장 앞에서 이렇게 고개 숙이는 나 스스로가 초라하게까지 느껴졌다. 그러나 상황이 다급해진 나는 엑스포에 도움이 된다면 누구 앞에서도 고개를 90도로 숙일 수 있다고 생각했다.

그런데 이상한 일이 벌어졌다. 고개를 채 들기도 전에 내 귀에 들려온 소리는 나를 당황하게 만들었다.

"선배님, 여기에 무슨 일로 오셨습니까?"

선배님이라니! 고개를 90도로 숙이는 나를 본 국제관광 과장이 나를 선배님이라고 불렀다. 나로서는 도저히 이해할 수 없는 일이었다. 그런데 이게 어찌된 일인가? 국제관광 과장은 해군사관학교 2년 후배 되는 K 과장이었다. 전혀 예상치 않게 해군사관학교 선·후배가 30여년 만에 이렇게 만난 것이었다. 중앙부처 과장과 시골 군수로서 말이다.

"아니, 자네가 어떻게 여기에 있는 거야?"

K 과장은 초급장교 때 제대를 하고 사무관으로 발령받아 중앙부처에 근무하게 되었고 지금 문화관광부의 국제관광과 과장으로 있

다고 했다. 우리는 너무 반가워 한동안 이것저것 서로의 소식을 물으면서 차 한 잔을 나누었다.

"선배님이 고성군수에 당선되었다는 것은 알고 있었습니다만 이렇게 만날 줄은 몰랐습니다."

"나도 그렇네. 정말 뜻밖이네."

"그런데 여기는 어떻게 오셨습니까?"

"지금 우리 고성에서 공룡세계엑스포를 개최하려고 하네. 우리 고성은 세계 3대 공룡발자국 화석지로 유명해."

"공룡발자국요? 공룡발자국으로 세계엑스포를 개최한다는 말씀입니까?"

K 과장은 이해할 수 없다는 표정을 지었다. 나는 K 과장에게 공룡발자국의 문화적 가치, 학술적 가치에 대해 자세히 설명해 주었다. K 과장은 내 설명을 듣고 나서야 내가 간절히 원하는 것이 무엇인지 이해하는 것 같았다.

"제가 할 수 있는 부분이 있으면 도와 드리겠습니다."

K 과장의 그 한 마디! 할 수 있는 부분이 있으면 도우겠다고 하는 K 과장의 그 한 마디는 주저않고 싶은 나에게 생명수와도 같은 말이었다.

그 뒤 K 과장을 여러 차례 만나 공룡엑스포 개최에 관해 자세히 설명하고 꼭 성공시키겠다고 하는 나의 확고한 의지도 전달했다.

"우리나라 최초의 자연사 세계엑스포가 될 거야. 학술적으로도 중요한 의미가 있어."

나는 K 과장을 고성으로 초대하여 공룡발자국을 직접 보여 주고 공룡박물관에도 안내했다. 공룡에 관해 아무것도 모르던 K 과장은 차츰차츰 공룡 전문가가 되어 가고 있었다. 자연사적인 관점에서 공룡이 가지는 의미도 이해하게 되었다.

"선배님, 고성에서 개최하는 공룡세계엑스포가 성공할 수 있도록 적극 지원하겠습니다. 그런데 말입니다. 이렇게 텅 비어 있는 당항포를 어떻게 국제행사를 할 수 있는 행사장으로 조성할지 걱정이 됩니다."

공룡엑스포가 한창 진행 중일 때 K 과장은 설레는 마음으로 다시 고성을 찾았다. 처음 고성을 찾았을 때 허허벌판이었던 엑스포 행

공룡세계엑스포행사장

사장은 각종 전시관으로 가득 차 있었다. 발 디딜 틈조차 없이 많은 관람객들이 엑스포 행사장을 메우고 있었다.

"선배님, 공룡세계엑스포는 선배님의 열정이 만들어 낸 기적적인 작품입니다. 오늘 엑스포 행사장을 보니 정말 감격스럽습니다."

"자네가 도와주지 않았으면 오늘의 엑스포는 불가능했네. 자네 처음 만났을 때 내가 90도 고개 숙여 인사한 것 기억나지?"

공룡엑스포 국제행사 승인을
도와준 두 분의 장관

04

공룡엑스포를 국제행사로 승인받는 과정에서 두 분의 장관으로부터 큰 도움을 받았다. 김성진 전 해양수산부 장관과 정해주 전 국무조정실장이다.

김성진 전 해양수산부 장관은 통영 출신이지만 정서는 고성인이라고 할 정도로 고성에 대해 많은 애정을 가지고 있다. 지금은 경기도 한경대학교 총장으로 재직하고 있으며 가끔씩 고성에 들러 옛날 친했던 사람들과 만나 추억의 보따리를 풀기도 한다.

김 장관은 전혀 꾸밈없는 성격이며 자신의 생각을 뒤로 숨기지도 못하는 솔직한 성격이다. 나는 김 장관의 성격을 한 마디로 '고성 사나이'라고 표현하고 싶다. 그런 성격의 김 장관을 아주 존경하고 있다.

공룡엑스포를 국제행사로 승인받기 위해서는 문화관광부로부터의 행사 경비 지원이 있어야 했다. 그래야 문화관광부에서 국무총리실로 국제행사 승인을 요청할 수 있기 때문이었다. 전국에 지방자치단체가 228개인데 고성군에만 경비를 지원해 준다는 것이 문화관광부 입장에서는 쉽게 결정할 수 있는 일이 아니었다. 따라서 문화관광부 예산실장은 공룡엑스포에 예산을 지원하려고 하지 않았다.

고심 끝에 나는 공룡엑스포 직원 몇 사람과 함께 김 장관을 찾아갔다. 당시 김 장관은 기획예산처 예산심의관으로 있었다. 멀리 고향에서 올라온 우리들을 위해 김 장관은 조촐한 저녁자리를 마련했다. 대화는 저절로 고성 이야기로 흘러갔다.

"내가 사무관으로 처음 발령받은 곳이 고성이야. 우리 조상들 산소도 모두 고성에 있어. 내가 고성에 근무했을 때 자주 다니던 식당, 술집이 지금도 가끔 생각나곤 해. 고성은 정말 내 고향이야."

그 다음날 김 장관은 문화관광부 예산실장에게 전화를 했다.

"나 김성진이야. 고성 공룡엑스포 예산 잘 되어 가고 있어?"

"아, 공룡엑스포 예산 말이죠? 고성 군수님도 신경을 많이 쓰던데요. 솔직히 말씀드려 어렵습니다. 한 지방자치단체에 지원해 주게 되면 다른 지방자치단체에도 지원해 주지 않을 수 없지 않습니까?"

"무슨 소리하고 있어? 공룡엑스포를 모든 지방자치단체에서 하는 것 아니잖아? 그리고 말이야, 고성은 내 고향이야. 내 지역구란 말이야."

김 선배는 고성을 말할 때 늘 '내 지역구'란 표현을 사용했다. 아마 애정의 표시인 것 같았다.

"아니 심의관님 고향은 통영 아닙니까?"

"진짜는 고성이야. 통영에서 태어났지만 말이야. 둘 다 내 지역구야."

마치 국회의원에 출마라도 할 듯이 지역구란 표현을 사용했다. 그리고 덧붙였다.

"내 지역구의 공룡엑스포 예산 안 올라오면 문화관광부 다른 예산도 없는 줄 알아."

공룡엑스포를 국제행사로 승인받는 과정에서 정해주 장관으로부터도 큰 도움을 받았다. 승인 절차가 막바지에 이르렀을 때 고성군 담당자인 K 계장이 허겁지겁 달려와서 말했다.

"군수님, 국무총리실에 제출한 문화관광부 의견이 우리에게 유리한 것 같지 않습니다."

"유리하지 않다니 그게 무슨 소리인가? 국제행사를 위한 예산도 확보되어 가고 있지 않은가?"

"국제행사 승인이 되지 않으면 예산도 없어지는 것 아니겠습니까? 국무총리실 처분만 기다리는 것 같습니다."

큰일 났다는 생각이 들었다. 여기까지 일을 진행시켜 왔는데 국제행사 승인이 나지 않으면 어떻게 한단 말인가? 고성군민들은 모두 공룡엑스포가 국제행사인 것으로 알고 있는데 말이다.

"국무총리실의 분위기는 어떠한가?"

"바위에 찍힌 것이 진짜 공룡발자국이냐고 묻는 사람도 있습니다. 그것으로 어떻게 국제행사를 할 것이냐고 묻습니다. 분위기가 좋지 않습니다."

어떻게 문제를 풀어 나가야 할지 얼른 생각이 나지 않았다. 그날 K 계장과 나는 아무런 해답도 얻지 못한 채 시간만 보내었다. 퇴근을 하고 집에 돌아와서도 이 문제를 어떻게 해결할 것인가 하는 생각뿐이었다. 그때 불현듯 정해주 진주산업대 총장이 생각났다. 평소 정해주 총장과 나는 별다른 접촉을 하고 있지 않았다. 그러나 지금은 긴급 상황이라는 생각이 들었다.

'정해주 총장이라면 이 문제를 실무적으로도 해결하고 정치적으로도 해결할 수 있을 텐데.'

아무리 고심을 해도 공룡엑스포를 국제행사로 승인받기 위해서는 정해주 총장의 도움을 받는 길밖에 없다는 생각이 들었다. K 계장에게 전화를 했다.

"K 계장, 정해주 총장이 국무총리실의 국무조정실장을 했으니 이 문제를 해결하는데 도움이 되지 않을까?"

"군수님, 맞습니다. 그분이라면 이 문제를 해결할 수 있을 것 같습니다. 그러나 지금 시간이 없습니다. 하루가 급합니다. 당장 내일이라도 총리실로 찾아가야 합니다. 심의가 며칠 남지 않았습니다."

공룡엑스포 국제행사 승인을 받기 위해 문화관광부로, 행정자치부로, 국무총리실로 출장을 다니면서 온 몸을 바쳐온 K 계장이었다. 그런 K 계장이 지금의 상황은 시각을 다툴 정도로 심각하다고 말했다. 시계를 보니 저녁 9시가 넘었다. 공룡엑스포를 포기하든지 아니면 정해주 총장을 움직이든지 둘 중의 하나를 선택해야만 하는 상황이었다. 고심 끝에 나는 정 총장에게 전화를 걸었다.

"총장님, 밤늦게 전화를 드려 죄송합니다. 우리 고성에서 공룡엑스포를 준비하고 있다는 사실을 알고 계시지 않습니까? 마지막 관문인 국무총리실 심의를 남겨놓고 있습니다. 총장님의 도움이 꼭 필요합니다. 도와주시면 그 고마움 잊지 않겠습니다."

"예, 우리 지역 일인데 도와야죠. 제가 할 수 있는 일이 있으면 하겠습니다."

정 총장은 17대 국회의원 선거 준비를 하고 있었다. 그러한 정 총장으로서는 나의 부탁이 오히려 고마웠을지도 모른다.

"고맙습니다 총장님. 그런데 지금 시간이 없습니다. 내일 아침 첫 비행기로 저와 같이 서울로 가 주시면 고맙겠습니다."

저녁 9시에 전화를 하여 내일 아침 첫 비행기로 서울로 가자고 하는 내 말에 정 총장은 매우 당황해 했다.

그 다음날 나는 정 총장과 함께 사천에서 출발하는 서울행 8시 30분 첫 비행기를 탔다. 정 총장은 학교의 모든 공식일정을 부총장에게 맡기고 나의 애절한 부탁을 들어 주었다. 나는 정 총장에게 큰 빚을 지게 되었다.

2004년 제 17대 국회의원 선거에 정해주 총장이 열린우리당 후보로 출마했다. 한나라당 후보로는 김명주 후보가 출마했다. 이번에는 정 총장이 나에게 부탁을 했다.

"군수님, 저와 같은 길로 갑시다. 한나라당을 탈당하고 열린우리당으로 입당해 주십시오."

주위에 있는 많은 분들이 말했다.

"지금 분위기는 정 총장의 압승이지 않습니까? 어차피 선거는 정 총장이 이깁니다. 군수님, 정 총장의 부탁을 들어주고 힘을 실어 줍시다."

당시 한나라당 김명주 후보는 인지도와 지지도에서 정해주 후보에게 많이 뒤지고 있었다. 선거 분위기는 정 총장의 압승이었다. 솔직히 나는 며칠을 고심하고 또 고심했다. 그러나 내가 내린 결론은 한나라당을 탈당하지 않는 것이었다. 이제 막 정치에 들어온 사람으로서 은혜를 베푼 분이 권유한다고 해서 당적을 옮길 수는 없다고 판단했기 때문이다.

"총장님, 미안합니다. 아무리 생각해도 총장님의 은혜를 그렇게 갚아 드릴 수는 없을 것 같습니다. 제가 당적을 옮길 수는 없습니다."

그 후로도 나는 정 총장에게 진 마음의 빚을 갚을 기회가 없었다.

이루지 못한
대통령 초대

05

국무총리실로부터 어렵게 국제행사 승인을 받았다. 공룡발자국이 학술적으로 매우 가치가 크다는 사실을 주문처럼 외우고 다니면서 온 정열을 바친 결과였다. 또한 국제행사 심의위원 한 사람 한 사람에게 공룡세계엑스포를 반드시 성공시키겠다는 다짐을 한 덕택이었다. 아무리 그렇더라도 김성진 전 장관과 정해주 전 장관의 도움이 없었다면 공룡엑스포의 국세행사 승인은 불가능했을 것이다. 어떻든 도 단위 행사도 치러보지 못한 고성군이 국제행사를 승인받는 큰 역사를 만들어 내었다. 국가지정축제에서 탈락한 공룡축제를 국제축제로 끌어 올렸으니 상식적으로는 이해할 수 없는 일을 해 낸 것이다.

국제행사 승인을 받았으니 모든 면에서 국제행사다운 면모를 갖추어야겠다는 생각을 했다. 우선 엑스포 개막식에 대통령을 모시기로 했다. 대통령을 개막식에 초대하기 위해 공식적인 절차를 밟기 시작했다. 문화관광부와 행정자치부를 통해 대통령의 행사 참석을 건의했다. 그러나 공식적인 건의는 하나의 형식에 불과하다는 사실을 알았다.

그래서 대통령이 개막식에 참석할 수 있도록 하기 위한 인맥을 찾기로 했다. 그러나 야당 당적을 가진 시골군수가 대통령을 움직일 수 있는 인맥을 찾기란 결코 쉽지 않았다. 당시 노무현 대통령과 나는 소속 정당이 다르다 보니 개인적으로 어떤 형태의 교류도 없었기 때문이다. 우리 지역 국회의원인 김명주 의원 역시 대통령과는 아무런 개인적인 친분을 가지고 있지 않았다.

민주평화통일협의회 자문위원 경남회의가 고성군청에서 개최되었다. 회의가 끝난 후 자문위원들을 엑스포 행사장인 당항포로 안내했다. 공룡엑스포의 개최 배경에 대해 설명을 한 다음 행사장 여러 장소로 직접 안내했다. 그런데 민주평통 자문위원 중에 노무현 대통령의 고등학교 동기생이 있었다. 그분은 노 대통령과 아주 두터운 친분을 가지고 있었다. 노 대통령이 여름휴가 때 함께 지낼 정도로 가까운 사이였다. 나는 그분에게 공룡엑스포의 중요성에 대해 성의를 다해 설명하고 이 중요한 행사에 대통령이 참석해야 하는 당위성을 강조했다.

"어린이를 대상으로 하는 공룡엑스포 개막식에 대통령께서 참석하시면 대통령의 이미지 향상에 크게 도움이 될 것입니다. 대통령께서 엑스포 개막식에 참석하실 수 있도록 도와주십시오."

나의 제안에 그분도 긍정적인 반응을 보였다. 어린이는 우리나라의 보배이니 어린이를 대상으로 하는 국제행사에 대통령이 참석하는 것이 좋겠다면서 협조를 약속했다. 그분의 도움으로 청와대를 방문하여 역시 노 대통령의 친구인 총무비서관을 만났다.

"비서관님, 우리나라 최초의 자연사 세계엑스포입니다. 그리고 우리나라에서 어린이를 대상으로 하는 유일한 교육엑스포입니다. 어린이들에게 상상력과 창의력을 길러주는 이 엑스포에 대통령님께서 꼭 참석하시어 자라나는 어린이들에게 꿈을 심어줄 수 있기를 바랍니다."

"잘 알겠습니다. 대통령께서 참석하실 수 있도록 노력하겠습니다."

총무비서관은 아주 호의적으로 대해 주었고 대답 역시 긍정적으로 해 주었다. 그러나 대통령 참석을 위한 절차는 잘 진행되는 것 같지 않았다. 시간이 지나면서 대통령의 참석은 불가능한 것으로 분위기가 흘러가고 있었다. 대통령 참석을 위해 더 이상 내가 할 수 있는 일은 없었다.

'국제행사로서 격을 갖추어야 할 텐데… 어떻게 하지? 그렇다! 대통령의 참석이 어렵다면 대신 영부인이라도 참석할 수 있도록

하자.'

대통령 대신 영부인을 행사에 초대하기로 했다. 어린이를 대상으로 하는 공룡엑스포 개막식에는 대통령보다 오히려 영부인의 참석이 더 어울릴 것 같다는 생각도 들었다. '어린이와 대통령 부인의 만남'은 나름대로 의미를 부여할 수 있기 때문이다.

대통령의 경우도 그랬지만, 영부인의 경우 역시 참석이 불가능하다는 통보는 없었으나 참석이 가능하다는 연락 또한 없었다. 내가 할 수 있는 모든 노력을 다했지만 분위기는 역시 불참 쪽이었다. 그래서 다시 방향을 바꾸었다.

'대통령 참석도 불가능하고 영부인 참석도 힘드니 국무총리를 모시자.'

공룡엑스포는 국무총리실로부터 승인받은 국제행사였다. 개막식에 적어도 총리는 참석해야 행사의 격이 맞을 것이라는 생각이 들었다. 그러나 이게 웬일인가? 한명숙 국무총리 내정자는 국무총리로 내정은 되었으나 아직 청문회조차 하지 않은 상태였다. 마냥 기다릴 수 없었다.

"그렇다면 문화관광부 장관이라도 참석할 수 있도록 하자."

장관의 참석 역시 불가능했다. 당시 임명된 지 불과 며칠 되지 않은 김명곤 문화관광부 장관은 국회에 출석하여 국정질문에 답변하느라 정신이 없는 상황이었다. 대통령이 참석한 가운데 치르려고 했던 공룡엑스포 개막식은 결국 유진용 문화관광부 차관이 참석한 가운데 치러졌다.

한참의 시간이 지나서야 중요한 사실을 깨달았다. 나는 한나라당 소속이고 당시 정부는 민주당 정부였다. 엑스포 개막식은 4월 10일이었고 군수 선거는 불과 2개월 후인 5월 31일이었다. 고성군수 선거에는 민주당에서도 후보자를 내었다. 한나라당 소속 군수가 심혈을 기울여 준비한 국제행사에 민주당 정부에서 힘을 실어줄 수 없었다는 사실을 늦게야 깨달았다. 그럼에도 불구하고 그런 사실을 깨닫지 못하고 대통령을 초대하기 위해, 그리고 영부인을 초대하기 위해 청와대를 부지런히 찾았으니, 참으로 정치적 감각이 무디었던 셈이다.

공룡엑스포를
직접 주관하다

06

2006년 군수 선거 기간 중에 개최된 공룡엑스포는 상대후보들의 집중 공격을 받으면서 그 막을 열었다.

"우리 고성은 농업군입니다. 그런데 이학렬 후보는 농업에는 전혀 관심이 없습니다. 이학렬 후보의 관심은 오직 공룡엑스포에만 있습니다."

"고성군 예산이 공룡엑스포에 모두 사용되어 버렸기 때문에 군민을 위한 그 어떤 일도 할 수 없게 되었습니다."

공룡엑스포에 대한 상대후보들의 이러한 공격성 발언들은 군민들의 공감을 얻고 있었다. 전체 군민 중에서 50%가 농민에 해당되다 보니 상대후보들의 공격은 더욱 탄력을 받고 있었다. 고성군 예산이 공룡엑스포에 모두 사용되었다는 말에 일부 군민들은 나에게 적개심마저 가지게 되었다. 이러한 상황이다 보니 나도 상대후보들의 공격에 적극적으로 맞서지 않을 수 없었다.

"엑스포를 개최하지 않으면 국비, 도비를 무슨 명목으로 확보할 수 있겠습니까? 엑스포에 투입되는 문화부문 예산과 농업에 투자되는 농업부문 예산은 근본적으로 다릅니다."

그러나 나의 이 같은 간절한 호소는 군민들의 가슴에 쉽게 다가가지 않았던 것 같다. 나에 대한 군민들의 비난은 시간이 갈수록 더 커져 갔다.

그러나 상대후보들과 일부 군민들의 엑스포에 대한 비난과는 달리, 공룡엑스포는 전국적인 관심을 끌면서 성공적으로 진행되고 있

2009 경남고성공룡세계엑스포 행사장을 찾은 어린이들

었다. 공룡엑스포를 찾는 관람객의 수도 시간이 흐를수록 증가되었다. 그렇게 되니 공룡엑스포에 무관심하던 군민들, 나를 비난하던 군민들까지도 하나, 둘 공룡엑스포 행사장을 찾기 시작했다. 그리고 고성 군민들의 마음도 차츰차츰 바뀌기 시작했다.

선거 기간 중에도 나는 거의 매일 엑스포 행사장을 찾았다. 엑스포 행사를 진두지휘하는 군수로서 선거 운동에만 전념할 수 없었기 때문이다. 엑스포 주제관 옥상에서 행사장을 내려다보면서 상황을 점검하고 있는 내 귀에 들려온 소리에 나는 깜짝 놀랐다.

"와, 이학렬 배짱 좋네! 허허벌판이던 이곳을 이렇게 바꿔 놓았네! 놀랍네! 천지개벽이란 이런 걸 두고 하는 말이네! 와, 이학렬이를 계속 군수로 만들어야 되겠네."

그분은 고성 군민이었다. 그분의 그 말이 당시 고성군민 전체의 마음이었던 모양이다. 5월 31일 실시된 고성군수 선거에서 나는 지난번 선거 때 얻은 표보다 두 배나 더 많은 압도적인 표를 얻으면서 당선되었다.

6월 4일, 공룡엑스포는 관람객 154만 명, 직접수익 83억 원을 만들어 내면서 긴 여정을 마쳤다.

두 번째 공룡엑스포는 3년 후인 2009년에 개최되었다. 첫 번째 엑스포에서는 공개경쟁에 의해 MBC 프로덕션이 주관대행사로 선정되어 행사 전반을 기획하고 준비하고 또 집행했다. 주관대행사가 집행하는 예산은 대략 70억 원이었다. 그런데 2009년에 개최하는 공룡엑스포에서는 주관대행사를 선정하지 않고 우리 고성군에서 직접 행사를 주관하기로 마음을 먹었다.

지금까지 우리나라에서 개최된 국제행사 중에서 주관대행사를 선정하지 않고 치러진 행사는 하나도 없었다. 주관대행사는 국제행사에 대한 오랜 경험을 바탕으로 아무 실수 없이 행사를 진행시킬 수 있기 때문이다. 이러한 이유 때문에 이번에도 주관대행사를 선정해야 한다는 의견이 상당히 힘을 얻고 있었다. 주관대행사를 선정하게 되면 행사의 큰 흐름을 주관대행사에서 잡아가기 때문에 행사 진행에 대한 걱정을 하지 않아도 된다. 그러나 우리 고성군에서 직접 행사를 주관하다 보면 자칫 행사를 망칠 우려도 있다.

그럼에도 불구하고 우리는 두 번째 엑스포를 주관대행사 없이 치르기로 결정했다. 우리가 이러한 결정을 내리게 된 첫 번째 이유는 주관대행사는 많은 국제행사를 해 왔기 때문에 오히려 창의성이 결여되어 있다고 판단했기 때문이다. 반면 우리 고성군에서 행사를 직접 주관하게 되면 창의성을 마음껏 발휘할 수 있다고 생각했다.

우리가 행사를 주관하기로 결정하게 된 두 번째 이유는 경제적인 문제였다. 주관대행사는 이윤 추구를 목적으로 하는 기업이다. 가능한 많은 이익을 남기는 것이 주관대행사의 목적이고 따라서 행사의 질은 저하될 수밖에 없다. 하지만 우리 고성군에서 주관하게 될 경우 이윤 추구라는 단어 자체가 사라져 버릴 것이다. 대행사의 이윤 추구만큼 행사의 질이 높아지거나 고성군의 수익으로 돌아오게 될 것이다.

우리가 행사를 직접 주관해야 하는 또 하나의 중요한 이유가 있다. 우리가 행사를 주관하게 되면 우리에게 무형의 중요한 자산, 즉 행사의 노하우Know-how를 축적할 수 있다. 무엇과도 바꿀 수 없는 큰 자산이다.

그렇지만 우리가 행사를 주관할 경우 훨씬 더 많은 수고와 노력을 해야 한다. 행사에 대한 모든 책임도 져야 한다. 주관대행사를 선정 하더라도 행사에 대한 궁극적 책임은 우리가 져야 되지만 우리가 주관할 경우 행사에 대한 실질적 책임을 져야 한다.

우리가 행사를 주관하게 됨으로써 예상대로 예산을 크게 절감할 수 있었다. 우선 주관대행사에 지불하는 기본수임료 10~15%를 절약할 수 있었다. 그 뿐만이 아니다. 여러 업체를 선정하는 과정에서 더 우수한 업체를 더 저렴한 가격으로 선정할 수 있었다. 전체적으로 대략 20~25% 정도의 예산 절감이 가능했다.

더욱 중요한 것은 창의성을 마음껏 발휘할 수 있다는 것이다. 주관대행사가 행사를 주관할 경우 우리의 창의성을 접목시키기란 거의 불가능하다. 창의적인 아이디어를 이야기하면 자기들이 하는 일에 간섭한다는 식으로 받아들이기 때문이다. 첫 번째 엑스포에서 우리가 뼈저리게 느꼈던 일이다.

주관대행사 없이 우리가 직접 행사를 주관하기 때문에 우리의 창의적인 아이디어를 얼마든지 행사에 접목시킬 수 있었다. 그러나 할 일이 훨씬 더 많아졌다. 각 분야의 내용을 확인하고 새로운 아이디어를 접목시키면서 하나하나 준비하는 과정은 한 마디로 미개척지로의 탐험과 같았다. 어떤 경우에는 너무 생소하여 한참을 헤매는 경우도 있었다.

'그냥 주관대행사를 선정할 것을! 괜히 우리가 직접 주관해 가지고 이 고생을 하는구나.'

이런 생각을 하면서 내가 정말 어리석은 짓을 하고 있다는 생각이 들기도 했다.

그러나 우리가 직접 주관하여 준비한 두 번째 공룡세계엑스포는 대성공이었다. '놀라운 공룡세계 상상!'이라는 주제로 개최한 두 번째 공룡세계엑스포는 118억 원의 직접수익과 171만 명의 관람객 기록을 세우면서 공룡을 고성의 브랜드로 튼튼히 자리매김해 주었다. '경남 고성' 하면 '공룡'을 떠올리게 되었고 나는 '공룡군수'라는 별명을 얻게 되었다.

하늘이 내린 빗물,
공룡을 깨우다

07

문화 사업은 차별화, 차등화, 변화가 생명이라고 하는 것이 나의 생각이다. 우리 고성은 공룡이라고 하는 테마로 다른 지역과 차별화시켰다. 그리고 세계엑스포라고 하는 국제행사를 통해 공룡 테마를 한 차원 높였다. 즉 차등화시켰다.

나머지 하나 중요한 것은 변화다. 첫 번째 공룡엑스포의 주제는 '공룡과 지구, 그리고 생명의 신비'였다. 우리나라에서 개최된 최초의 자연사 세계엑스포임을 강조했다. 두 번째 공룡엑스포의 주제는 '놀라운 공룡세계 상상'이었다. 어린이들에게 꿈과 상상력을 길러주는 교육엑스포였다.

2012년에 개최되는 세 번째 공룡엑스포의 주제를 정해야 했다.

그러나 얼른 아이디어가 떠오르지 않았다. 이미 사용한 주제를 다시 사용하면서 알고 있는 내용을 그대로 전시하게 되면 어린이와 관람객들로부터 외면 받는 공룡엑스포가 될 것이기 때문에 새로운 주제를 찾아야 했다. 즉 변화變化시켜야 했다. 그러나 공룡이라는 큰 테마 안에서 작은 주제를 찾는다는 것이 결코 쉽지 않았다. 말 만들기의 주제가 아니라 의미 있는 내용의 주제를 찾으려고 하니 고심을 하지 않을 수 없었다. 그 고심이 아무런 성과 없이 1년을 훌쩍 넘기고 있을 즈음인 2010년 여름, 나는 가족과 함께 제주도를 찾을 기회가 있었다. 천지연폭포 앞에서 시원하게 쏟아지는 물소리를 들으면서 생각했다.

'우리 엑스포 행사장에 저런 시원하고 멋있는 폭포수 장면을 연출했으면 좋겠어.'

두 번에 걸쳐 엑스포를 개최하면서 나는 행사장 내에 물의 연출이 없는 것을 안타깝게 생각했다. 예를 들어, 주제관 옥상에서 물이 쏟아지는 장면, 행사장 내에 작은 개울과 시원한 풀장 등이 있으면 좋겠다고 생각했다. 그런 나에게 천지연폭포수의 시원한 쏟아짐은 다시 한 번 엑스포 행사장 내 물의 연출에 대한 강한 욕구를 불러일으켰다.

빈영호 엑스포 사무국장에게 말했다.

"빈 국장, 엑스포 행사장에 물의 연출을 만들어보면 어떨까? 주제관 옥상에서 폭포수가 쏟아지게 한다거나 말이야."

"군수님, 여기 당항포는 물이 귀한 곳입니다. 큰 개천도 없고 지하수를 깊이 파도 물이 잘 나오지 않습니다. 폭포수를 만들려면 수돗물을 이용하는 방법밖에 없는데 그렇게 해서 가능하겠습니까?"

"맞아, 인근에 큰 개천이 없지. 그런데 지하수 개발도 안 된단 말이지? 그런데 말이야, 여기서 4㎞ 떨어진 곳에 삼덕저수지가 있잖아? 그 저수지 물을 좀 끌어오면 안 될까?"

"군수님, 저수지는 농업용수입니다. 즉 농사를 짓기 위한 물입니다. 저수지 물을 엑스포 행사장에 사용했다가 가뭄이라도 들어 물이 부족할 경우 농민들이 크게 반발할 텐데 그 뒷감당을 어떻게 하시겠습니까? 저수지 물을 엑스포 행사장에 사용할 수는 없을 것 같습니다."

당항포는 호수 같은 바다이며 우리나라에서 가장 큰 내해內海다. 바닷물이 가득 담겨 있는 곳 아닌가? 이 바닷물을 이용하면 되겠다는 생각을 했다. 정말 기막힌 아이디어라는 느낌까지 들었다.

"바닷물이 있잖아? 당항포의 바닷물 말이야. 바닷물을 이용해서 폭포수도 만들고 필요한 물의 연출을 해 보면 어떨까?"

그러나 빈국장의 대답은 나의 예상과는 전혀 달랐다.

"군수님, 바닷물은 더더욱 안 됩니다. 행사장에 있는 나무, 잔디, 꽃 등 모든 식물들이 바닷물의 염분으로 인해 죽게 될 것입니다. 바닷물을 행사장에 사용할 수는 없습니다."

물의 연출에 대한 나의 바람은 현실적으로 불가능하다는 결론을 내렸다. 바로 옆에 바닷물이 있지만 사용할 수 없으니 더욱 안타까운 마음이었다. 그러나 물에 대한 미련은 쉽사리 나의 뇌리를 떠나지 않았다. '물을 어떻게 구할 수 있을까' 하는 생각이 내 머리 속을 온통 메우고 있었다.

그러던 중 불현듯 오래 전에 방문한 적이 있는 한 친구의 취나물 농장이 생각났다. 친구가 빗물을 모아서 취나물 농사를 짓고 있었다는 생각이 갑자기 내 뇌리를 스쳐 지나간 것이다. 곧바로 친구의 취나물 농장을 방문했다. 50톤 규모의 물 저장고를 만들어 빗물을 모아 사용하고 있었다. 아주 창의적이고 진취적이며 신선한 아이디어라는 생각이 들었다.

우리나라는 비가 많이 오는 나라다. 그런데 비가 오면 그 빗물이 하수구를 통해 개천으로, 강으로, 바다로 빨리 흘러가버리도록 모든 설계가 되어 있다. 말하자면 빗물은 그냥 버리는 것으로 모두들 생각하고 있다. 그런데 친구는 빗물을 모아 사용해야겠다는 생각을 어떻게 했을까? 친구의 설명이 재미있었다.

"빗물이 수돗물보다 농작물에 훨씬 더 좋은 것 같아. 수돗물을 사용했을 때보다 농작물이 훨씬 더 신선하게 자라는 것 같아."

"바로 이거야! 내가 그렇게 찾던 물이 여기에 있어!"

나는 자신도 모르게 무릎을 탁 쳤다. 그리고 온몸에 전율이 느껴져 왔다.

2012 공룡세계엑스포에 빗물을 접목시키기로 했다. 빗물을 모아

내가 구상하는 물에 관한 모든 연출을 하기로 했다. 엑스포 사무국에서 빗물에 관한 자료를 수집하기 시작했다. 그러다 서울대학교 빗물연구센터의 소장으로 있는 한무영 교수와 접촉을 하면서 탄력을 받게 되었다.

"교수님, 공룡세계엑스포 행사장에 빗물로 연출을 하려고 합니다. 말하자면 공룡과 빗물의 만남을 만들어 보려고 합니다. 좀 도와주십시오."

빗물 벽천

"적극 도와드리겠습니다. 군수님, 우리나라는 물 부족국가라고 하는데 그렇지 않습니다. 우리나라는 물 부족국가가 아니라 빗물관리 부족국가입니다. 빗물을 이용하면 군수님께서 구상하시는 모든 것이 가능합니다."

빗물을 이용하면 모든 것이 가능하다는 말에 나는 용기가 생겼다. 드디어 공룡엑스포의 주제를 정했다.

"하늘이 내린 빗물, 공룡을 깨우다(Raindrops say hello to Dinosaurs)."

2억 년 동안 우리 한반도에 살았던 공룡들이 6천만 년 전 환경재앙으로 인해 멸종되었다. 그들이 살았던 흔적을 발자국으로만 남긴 채 말이다. 오늘날의 빗물이 그 사라진 공룡을 깨운다. 빗물에 의해 깨어난 공룡들이 우리에게 빗물의 중요성과 환경의 중요성을 말해준다. 정말 재미있는 스토리 아닌가? 이렇게 하여 2012년 공룡엑스포는 빗물과 환경의 중요성을 일깨워주는 환경엑스포로 방향을 잡게 되었다.

빗물폭포, 빗물풀장, 빗물체험장, 빗물연못을 만들기로 했다. 공

빗물해자

룡을 주제로 한 모든 영상물 즉 2D, 3D, 4D, 5D 공룡영화도 공룡과 빗물의 이야기로 만들기로 했다. 빗물이 얼마나 중요한가를 공룡엑스포를 통해서 보여주기로 한 것이다.

두 번째 엑스포와는 분명히 다른, 말하자면 변화된 공룡엑스포를 준비할 수 있다는 생각이 들었다. 문제는 빗물폭포, 빗물풀장, 빗물체험장, 빗물연못을 만들기 위해서는 그리고 새로운 공룡영화를 만들기 위해서는 별도의 예산이 있어야 했다. 이군현 국회의원에게 내용을 설명하면서 국비를 확보해 줄 것을 요청했다. 어렵게 국비 5억 원이 우선 확보되었다.

그런데 뜻하지 않은 벽에 부딪혔다. 우리 군의회에서 공룡엑스포에 빗물을 도입하는 것을 강력하게 반대했다. 엑스포행사장에 별도로 추가시설을 하지 말고 현재 있는 상태 그대로 다음 엑스포를 준비하자는 것이었다. 말하자면 예산을 추가로 투입하지 말자는 것이었다. 예산이 의회를 통과하기까지 많은 설득이 있어야 했다.

세 번째로 개최된 공룡세계엑스포는 대성공을 거두었다. 같은 시기에 개최된 여수세계엑스포 보다 더 좋은 평가를 받았다. 예산은 200분의 1도 되지 않은데 더 좋은 평가를 받았으니 기적이라는 말밖에 표현할 방법이 없다. 우리 직원들과 군민들의 땀과 열정이 만들어낸 기적이었다.

조선산업특구의
기적을 일으키다

무모하게 추진한
조선산업특구

01

우리 고성의 동해면은 바다 바로 건너편 거제에 삼성조선과 대우조선을 아주 가까운 거리에서 마주보고 있다. 그렇지만 동해면은 조선산업과는 전혀 무관하게 수산업으로 생계를 이어왔다. 한때 동해면은 수산업의 활성화로 인해 고성군의 부자동네로 알려져 있었다. 그러나 그 후 수산자원의 고갈로 인해 수산업이 침체됨에 따라 동해면민들의 생활은 아주 힘들어졌다.

2006년 조선업은 최고의 호황이었으며 그 덕택에 거제시의 1인당 국민소득은 전국 최고를 기록하고 있었다. 밤이면 거제시에 있는 두 조선소의 불빛이 바다 건너편에 있는 동해면까지 훤하게 비추고 있었다. 그러나 동해면민들의 마음은 밝지 못했으며 오히려 더 어두웠다.

조선업이 활황을 이루면서 크고 작은 조선소들이 전국 곳곳에 우후죽순으로 생겨나기 시작했다. 우리 고성도 예외가 아니어서 조선소 부지를 물색하기 위해 동해면으로 여러 업체들이 찾아왔다. 수심도 깊고 삼성조선, 대우조선과 아주 가까운 거리에 있기 때문에 입지조건이 아주 좋다는 것이 많은 사람들의 공통된 의견이었다. 그러나 안타깝게도 이곳은 수산자원보호구역이었다. 수산업과 관련된 산업 외에는 어떤 행위도 할 수 없도록 법으로 규정되어 있다. 따라서 이곳에 조선소를 건립한다는 것은 육지의 그린벨트 위에 공장을 건립하는 것과 같았다. 한 마디로 말해서 불가능한 일이었다.

동해면민들이 나를 찾아왔다. 항의성 방문이었다.

"군수님, 수산자원보호구역이라는 것이 말이 됩니까? 보호해야 할 수산자원이 있어야 보호할 것 아닙니까? 지금 우리 동해면 바다에는 물고기 한 마리 없습니다. 우리도 먹고 살아야 할 것 아닙니까? 바로 건너편 거제에는 조선소가 있어 잘 사는데 우리는 왜 이렇게 가난하게 살아야 합니까?"

"우리도 조선소를 지읍시다. 우리도 좀 잘 살아봅시다. 우리도 밤에 훤하게 불이 켜져 있는 동네가 되었으면 좋겠습니다."

나는 이분들의 심정을 충분히 이해할 수 있었다. 그러나 내가 이분들에게 해 줄 수 있는 말은 아무것도 없었다. 수산자원보호구역지정은 군수인 나한테 그 권한이 있는 것이 아니라 중앙정부에 있기 때문이었다.

지역경제과 C 과장을 불렀다.

"C 과장, 동해면민들의 심정을 이해할 수 있지? 동해면에 조선소를 건립할 수 있는 방법이 있는지 한 번 찾아보도록 하게."

참으로 무식하기 이를 데 없는 지시였다. 육지의 그린벨트 위에 자동차 공장을 건립할 수 있는 방법을 찾아보라고 지시하는 것과 똑같았다. 이런 얼토당토않은 지시를 한 내 자신이 한심하다는 생각까지 들었다. 그런데 얼토당토않은 내 지시를 받은 C 과장이 며칠 후 뜻밖의 보고를 해 왔다.

"군수님, 특구라고 하는 제도가 있습니다. 동해면이 조선특구로 지정을 받으면 조선소 건립이 가능할 것 같습니다. 그렇지만 동해면 일대를 조선특구로 지정받는 것은 현실적으로 불가능할 것으로 판단됩니다. 조선소가 있는 거제시나 울산시라면 몰라도 말입니다."

C 과장은 특구제도에 대해서 다시 설명했다.

"특구제도는 일본에서 처음으로 시행한 제도입니다. 전국적으로 같이 적용되고 있는 법을 지역특성에 따라 완화해줌으로써 지역경제를 활성화시키겠다는 취지에서 만들어진 제도입니다. 그것을 우리나라에서 지금 적용하고 있습니다. 지역별로 김치특구, 영어특구, 한우특구, 금산인삼헬스케어특구 같은 특구가 있습니다. 우리가 하려고 하는 조선산업특구는 대규모 공사가 이루어져야 하는 것으로 다른 지역의 특구와는 성격이 전혀 달라 지정받는 것 자체가 어려울 것으로 생각합니다."

말하자면 특구라는 제도가 있기는 하지만 현실적으로 불가능하나는 뜻이었다. '군수님의 지시를 받아 조사를 했으니 참고로 알고 계십시오'라는 말이었다. C 과장의 보고를 받은 나는 숨쉴 틈도 없이 말했다.

"C 과장, 동해면을 조선산업특구로 만들어 보자. 조선소 건립은 동해면민이 간절히 원하는 바가 아닌가? 특구라는 제도가 있었네! 우리 곧바로 시작하세!"

보고를 하자마자 이렇게 바로 행동 지시가 내려지자 C 과장은 당황한 차원을 넘어 어이없어 하는 표정이었다.

"군수님, 제가 말씀드리지 않았습니까? 현실적으로 불가능하다고 말입니다. 대규모 공사가 수반되는 이런 종류의 특구는 아직 지정된 적이 없습니다. 주로 지역특산물과 지역문화 같은 것들이 특구로 지정되었습니다. 무리하게 추진했다가 해군교육사령부 같은 상황이 재연되면 어떻게 하려고 그러십니까?"

C 과장은 해군교육사령부를 유치하려다가 실패한 뼈아픈 사실을 상기시켜주면서 내가 내린 지시를 거두어 달라고 말했다. 그렇지만 나는 그 지시를 거두어들일 마음이 전혀 없었다. 오히려 더 명확하게 지시를 내렸다.

"C 과장, 우리 해보자. 다른 지역에서 아직 하지 않았으니 우리가 처음으로 해보잔 말이야. 이런 종류의 특구가 지역 경제에 정말 도움이 되는 특구 아닌가? 우리가 지정받고자 하는 이런 특구가 특구 본래의 취지에 맞는 특구란 말이야. 우리 한 번 도전해 보자. 솔직히 말해서, 특구가 아니고서는 동해면에 조선소를 지을 다른 방법이 없지 않은가?"

수산자원보호구역인 동해면에 조선소를 지을 수 있는 방법은 특구로 지정받는 것이 유일한 방법이었다. 그런데 담당과장인 C 과장은 어려울 것이라는 말만 되풀이하면서 고개를 옆으로 내저었다.

나는 C 과장에게 특구제도에 대해서 좀 더 자세히 조사할 것을 지시하고 동해면민들이 조선소 건립을 진심으로 원하는지도 확인하도록 했다. 특구지정을 추진했다가 자칫 동해면민들이 반대하는 상황이 발생하게 되면 아주 어려운 상황에 처할 수 있기 때문이었다.

특구제도에 관한 자세한 조사가 시작되었다. 동해면 일대가 조선산업특구로 지정받게 되면 수산자원보호구역임에도 불구하고 조선소 건립이 가능하다는 사실을 다시 한 번 확인했다. 동해면민들의 조선소 유치에 대한 열망은 동해면민 모두가 서명한 조선소유치 탄원서로 나에게 전달되었다. 말하자면 이세 조선소가 세워지더라도 동해면민들의 반대 걱정은 하지 않아도 되었다.

수산자원보호구역인 동해면 바다를 조선산업특구로 지정받기 위한 무모한 도전은 이렇게 시작되었다.

무모하게 추진한
부지 매입

02

　고성이 조선산업특구 지정을 추진한다는 소식이 알려지자 조선소를 만들겠다는 기업들이 고성으로 찾아오기 시작했다. 최종적으로 삼호조선, 혁신기업, 삼강 M&T 등 3개 업체가 가장 적극적인 자세로 조선소 건립에 뛰어들었다.

　해당 부지의 70% 이상을 확보해야만 조선산업특구 지정 신청을 할 수 있기 때문에 조선특구 신청을 하기 위해서는 부지 매입이 가장 중요했다. 그러나 생각해 보면 부지를 매입한다는 사실 자체가 위험천만한 일이었다. 만일 특구를 신청했다가 실패할 경우 매입한 부지는 아무 쓸모없는 땅이 되어 버리기 때문이다. 한 마디로 진퇴양난이었다.

3개 업체 대표들은 모두 내 얼굴만 쳐다보았다. 말하자면 군수인 나의 판단에 맡기겠다는 눈치였다. 천근의 무게가 내 어깨를 누르는 것 같은 느낌이었다. 조선특구 지정을 계속 추진하느냐, 중단하느냐를 결정해야 하는 참으로 긴박한 순간이었다. 3개 회사의 운명이 걸린 결정이며 우리 고성의 미래가 달린 문제였다. 동시에 내 개인의 정치적 운명도 달린 결정이었다. 나는 무겁게 입을 열었다.

　"조선특구 지정을 추진합시다. 그리고 반드시 이루어 냅시다."

　내가 이렇게 말하자 3개 업체 대표들은 마치 약속이라도 한 듯이 말했다.

　"저희들은 군수님만 믿겠습니다."

　조선특구 지정에 실패하면 어떻게 하려고 이런 무모한 결정을

조선산업특구 보고회

내렸는지 나 자신도 알 수 없었다.

내가 이런 무모한 결정을 내리게 됨으로써 길고도 긴 조선특구 추진의 여정이 시작되었다. 그리고 조용한 바닷가 동네였던 동해면은 더 이상 조용한 어촌마을이 아니었으며 개발의 소용돌이로 들썩이기 시작했다.

나를 믿는다는 한 마디를 던진 3개 업체 대표들은 부지를 적극적으로 매입하기 시작했다. 바다 매립을 포함해서 삼호조선 58만 평, 혁신기업 16만 평, 삼강 M&T 8만 평 등 총 82만 평이 계획하고 있는 조선소 부지 면적이었다.

토지매입이 시작되면서 동해면의 토지 가격이 오르기 시작했다. 동해면에 거주하고 있는 주민들의 토지도 있었지만 외지인들의 토지도 많았다. 특히 임야의 경우에는 대부분이 외지인들의 소유였다.

솔직히 말해서, 내가 어렸을 때 임야는 재산으로 간주되지 않았다. 그래서 아예 매매의 대상이 아니었다. 임야는 가족의 무덤을 위한 용도 이외에는 다른 용도가 없었기 때문이다. 그러다가 1990년경 서울 사람들이 고성 지역의 임야를 마구잡이로 매입하는 참으로 이해할 수 없는 일이 있었다. 임야를 매입하는 당사자들은 고성 현장에 와 보지도 않고 부동산 업자 몇 사람만 고성에 와서 임야를 대량으로 매입해 갔다. 가격 자체가 형성되지 않았던 임야가 평당 3,000원 정도의 가격으로 매매되었다. 그때 고성지역 임야는 문중 임야(집안에서 공통으로 소유하고 있는 임야)를 제외하고는 거의 서울 사람들 소유가 된 것으로 알고 있다.

임야 매매 열풍이 불어 닥쳤을 당시 고성지역 사람들은 서울 사람들이 왜 그렇게 마구잡이로 아무 쓸모없는 임야를 매입하는지 그 이유를 알 수 없었다. 돈이 많으니 참으로 희한한 행동을 한다고 생각했다. 20년이 지난 후, 뜻밖에도 조선산업특구 지정이 추진되었고 3개 업체에서 임야와 전답을 대대적으로 매입하게 되었다. 조용한 시골 고성에서 오랫동안 살아오던 분들이 그 당시를 떠올리면서 한 마디씩 했다.

"역시 돈은 서울놈들이 버는 거여! 우린 바보여! 우린 정말 바보라니까!"

"아, 그래, 서울놈들은 고성에 조선특구 할 것을 그때 이미 알고 있었나? 그때 우리는 서울놈들이 미친 짓을 한다고 했는데 지금 생각하니 그놈들이 천재여!"

오랫동안 거래도 되지 않던 임야에 또다시 새로운 가격이 형성되기 시작했다. 처음에 5만 원, 6만 원으로 거래가 시작되더니 얼마 지나지 않아 10만 원, 20만 원으로 껑충 뛰어올랐다. 임야 가격이나 논밭 가격이나 차이가 없어지게 되었다. 바다 가까이에 있는 임야는 논밭보다 더 비싼 가격으로 거래되기도 했다.

가장 큰 문제는 임야의 주인이 매각을 하지 않겠다고 버티는 경우였다. 업체에서 땅 주인을 찾아가 사정을 하고 군청 담당 직원이 주인을 만나 고성발전을 위해 도와 달라고 간청하기도 했다. 군수인 내가 직접 전화를 하여 고성 발전을 위한 중요한 일이니 좀 도와 달라고 부탁하는 경우도 있었다. 70%의 부지는 확보해야 특구 신청을 할 수 있기 때문에 부지 확보를 위한 처절한 전투가 벌어지고 있었던 것이다.

수산자원보호구역에
조선소 건립을 추진하다

03

　조선특구 신청을 위한 부지매입이 절정에 이르고 있었을 때 우리는 또 하나의 힘든 과정을 거쳐야 했다. 바다를 매립하는 공사가 이루어져야 했기 때문에 해양수산부로부터 매립 허가를 받아야만 했다.

　해양수산부 담당부서를 찾아가 고성군의 동해면을 조선산업특구로 지정받기 위해 절차를 밟고 있다는 사실을 설명했다. 해당지역이 대우조선과 삼성조선을 마주 바라보고 있다는 사실도 강조했다. 수산자원보호구역이긴 하지만 수산자원이 이미 고갈되어 버렸다는 말도 빠뜨리지 않았다. 동해면민 모두가 조선산업특구 지정을 간절히 희망한다는 중요한 사실도 강조했다. 우리가 이렇게 열심히 설명을 하고 있는데 갑자기 담당과장이 퉁명하게 한 마디 쏘아 붙였다.

"군수님, 여기가 수산자원보호구역인 줄 모르십니까? 수산자원보호구역이 어떤 곳인지 잘 아시지 않습니까?"

이렇게 말하면서 그 과장은 우리가 준비해 간 자료를 책상 한쪽 모퉁이로 밀어 버렸다. 더 이상 말을 붙일 수 있는 분위기가 아니었다. 우리는 멋쩍게 그 자리를 물러나올 수밖에 없었다.

함께 갔던 C 과장을 비롯한 우리 직원들은 망연자실하여 어찌할 바를 몰라 했다. 나는 C 과장에게 힘없이 말했다.

"특구지정을 받게 되면 수산자원보호구역이라도 조선소 건립이 가능하다고 했잖아?"

"예, 가능합니다. 그런데 그 과장님은 우리 말을 아예 들으려고 하지 않는데요."

고성으로 내려온 나는 이런 사실을 어느 누구에게도 말할 수 없었다. 우리 직원들이나 군민들 모두 고성군 동해면이 조선산업특구로 지정될 것이라는 희망에 부풀어 있었다. 3개 업체에서는 부지매입을 위해 모든 힘을 쏟고 있었다. 그런 군민들과 업체 대표들에게 해양수산부의 분위기를 말할 용기가 차마 생기지 않았다.

"해당 지역이 수산자원보호구역이라 해양수산부에 가서 말도 붙이지 못할 분위기였습니다. 우리가 잘못 판단한 것 같습니다. 조선특구 지정 추진을 포기해야 할 것 같습니다."

이 말이 목구멍까지 올라오다가 도로 들어가 버렸다. 대신 실망이 가득한 내 얼굴을 감추기 위해 애써야 했다.

고성경찰서 J 서장은 고성을 위해 함께 일하는 기관장으로서, 또 고향 선배로서 나에게 늘 우호적이고 협조적이었다. 수산자원보호구역에 조선산업특구 지정을 받겠다고 덤비는 내가 몹시 안타까워 보였던 것 같다.

"군수님, 조선산업특구 지정은 불가능합니다. 그곳은 수산자원보호구역이지 않습니까? 조선특구 절차를 더 많이 진행시킬수록 군수님 입장이 점점 더 어려워질 것입니다."

그렇지 않아도 실망이 가득한 나에게 경찰서장의 그 말은 실망을 넘어 절망으로 다가왔다. 조선특구 지정은 이제 불가능한 것처럼 생각되었다.

'해교사 유치 실패로 인해서 군민들 실망이 말할 수 없이 컸는데… 이것까지 실패하면 군민들에게 뭐라고 변명을 해야 할까? 군민들은 나를 절대로 용서하지 않을 거야.'

눈앞이 아찔해 왔다. 그러나 아무리 생각을 해 봐도 다른 답은 나오지 않았다. 생각을 거듭하고 또 거듭해도 내가 선택할 수 있는 길은 조선산업특구를 계속 추진하는 것, 오직 그 길뿐이었다.

여기서 어떻게 멈춘단 말인가? 부지를 확보하느라 온갖 노력을 기울이고 있는 업체들을 어떻게 설득할 수 있단 말인가? 희망에 넘쳐 있는 고성 군민들, 특히 동해면민들에게 무슨 말로 변명을 할 수 있단 말인가?

우리는 자료를 정리하여 해양수산부 담당과장을 다시 찾아갔다. 다시 나타난 우리를 보고 담당과장은 어이없는 표정을 지어 보이며 말했다.

"아니, 지난번에 말씀 드리지 않았습니까? 군수님, 그 지역은 수산자원보호구역입니다."

"알고 있습니다, 과장님. 제 설명을 잠깐 들어 보십시오."

우리는 차 한 잔을 앞에 놓고 마주 앉았다. 분위기가 지난번보다는 많이 누그러졌다는 느낌을 받았다.

"과장님, 그 지역이 수산자원보호구역이라는 사실을 제가 왜 모르겠습니까?"

과장은 이해할 수 없다는 듯이 나를 물끄러미 쳐다보았다. 그러나 지난번처럼 아예 말을 듣지 않겠다는 표정은 아니었다.

"수산자원보호구역이라 조선소를 건립할 수 없다는 사실을 잘 알고 있습니다. 그러나 특구로 지정받게 되면 가능할 수 있다는 것이 저희들의 판단입니다."

'특구'라는 내 말에 과장은 새로운 관심을 가지기 시작했다. 특구에 대한 자세한 설명과 함께 동해면의 현실, 주민들의 열망 등에 대해 다시 한 번 설명해 주었다.

"아무리 그렇더라도 수산자원보호구역에 매립허가를 받아낼 자신이 저는 없습니다. 그러나 군수님께서 그렇게 말씀하시니 한번 추진은 해 봅시다."

이렇게 해서 고성 조선산업특구 지정을 위한 첫 관문에 들어서게 되었다.

고성이 조선산업특구 지정을 추진하고 있다는 소식이 전해지자 인근 여러 시·군에서도 조선소 건립 및 조선특구 추진에 동참하기 시작했다. 그러나 다른 시·군의 현실은 우리 고성과는 비교가 되지 않았다. 우리 고성은 부지 선정과 부지 매입이 거의 완료되고 특구 추진에 필요한 모든 절차가 진행 중인 상태이지만 다른 시·군에서는 고성이 조선산업특구를 추진한다고 하니까 뒤늦게 뛰어든 상황이었기 때문이다.

해양수산부로부터 바다 매립을 허가받기 위해서는 서류 접수 후 '중앙연안관리심의위원회'의 심의를 거쳐야 했다. 그 과정을 준비하고 있던 중 담당국장이 모친상을 당했다는 소식을 들었다. 토요일 오후였다. 나는 모든 일정을 취소하고 그 국장의 모친상 조문을 위해 경기도 시흥으로 달려갔다. 밤늦게 장례식장에 도착한 나를 본 담당국장의 표정에는 놀라움과 고마움이 뒤섞여 있었다.

"군수님, 연락도 드리지 않았는데, 이 먼 곳까지 어떻게 오셨습니까?"

나에게 있어서 조선산업특구 지정은 반드시 이루어 내야 할 숙명이었다. 그 숙명 앞에 나는 어떤 개인적인 희생도 이겨 낼 각오를 하고 있었다.

군민들을 조선특구
열광으로 몰아넣다

04

조선산업특구 신청을 위한 첫 단계로 동해면 해당지역에 대한 연안매립 신청서가 해양수산부에 접수되었으며 접수된 신청서는 곧 중앙연안관리심의위원회로 넘겨졌다. 15명 정도 되는 중앙연안관리심의위원회 위원들은 관련 분야의 대학교수 및 연구소 연구원들로 구성되어 있었다. 해양수산부 담당과장이 말했다.

"군수님, 바다매립은 특별한 경우를 제외하고는 하지 않는 것이 해양수산부의 기본 방침입니다. 심의위원들도 그 방침을 따르려고 노력하고 있습니다. 심의위원들을 설득시키는 것이 결코 쉽지 않을 것입니다."

'특별한 경우를 제외하고는 바다 매립을 하지 않는다'는 것이 해양수산부의 기본방침이라고 했다. 그 말은 특별한 경우에는 바다매립을 허용해 준다는 뜻이지 않은가? 우리가 추진하고 있는 조선산업특구를 특별한 경우로 만들어야 했다. 어떻게 하면 조선산업특구를 특별한 경우로 만들 수 있을까? 모든 고성군민이 이 사업을 적극적으로 지지한다면 조선산업특구는 특별한 경우가 될 수 있다는 생각이 들었다.

보통의 경우 이런 종류의 사업이 진행되면 지역 주민들의 반발이 있게 마련이고, 그 과정에서 주민들과 심한 갈등을 겪기도 한다. 그래서 나는 우리 고성군민들의 힘을 하나로 모으는 것이 가장 중요하다고 생각했다. 고성군민들이 한 마음으로 조선산업특구를 열렬히 희망하는 분위기가 만들어진다고 하면 이 사업은 특별한 경우가 될 것이기 때문이다.

우선 '조선산업특구추진위원회'를 만들기로 했다. 추진위원회는 동해면추진위원회, 범군민추진위원회, 재외향우추진위원회로 구분해서 만들었다. 추진위원회를 만들자는 제안은 행정에서 했지만 그 구성은 군민들 스스로 하도록 했다. 군민들이 주체의식을 가지고 추진하도록 하기 위해서였다.

동해면추진위원장으로 선출된 J 위원장은 동해면이 현 상태로는 아무 희망이 없으며 조선산업특구 지정을 반드시 받아야 한다는 확고한 의지를 가지고 있었다.

"이번 기회를 놓치면 동해면은 영원히 발전하지 못합니다."

J 위원장은 동해면민들의 조선특구 의지를 하나로 모으기 위해 전력을 다했다. 동해면민 한 사람 한 사람을 만나 조선특구 지정의 필요성을 설명하고 설득했다.

H 범군민추진위원회 위원장은 군민의 힘을 하나로 모으기 위해 최선을 다했다. 조선산업특구는 동해면 뿐만 아니라 고성군 발전의 초석이 된다는 사실을 역설했다. P 재외향우추진위원회 위원장은 전국 18개 지역에 있는 향우들의 힘을 모으는 역할을 담당했다.

이제 조선산업특구 지정 추진은 동해면민 뿐만 아니라 고성 군민, 재외향우 모두가 열망하는 사업으로 그 범위가 커졌다. 고성군 전 지역에는 조선특구를 열망하는 현수막이 나붙기 시작했다.

"온 군민 힘 모아 조선특구 지정받자!"

"조선특구 지정으로 고성 발전 앞당기자!"

각 사회단체와 기관단체의 이름으로 내걸린 이런 현수막들은 군민들의 한결같은 조선특구 유치 열망을 보여주었다. 각 지역 향우회가 열릴 때 대화의 가장 큰 주제는 당연히 조선산업특구 유치였다. 동해면민들은 벌써 조선특구가 유치된 것처럼 분위기가 들떠 있었다.

나를 아끼는 선배 한 분이 아주 걱정스런 표정으로 말했다.

"이 군수, 조선특구 유치 열기가 너무 뜨거워 걱정이 태산 같네."

"선배님, 그게 무슨 말씀입니까? 조선특구 유치 열기가 없으면 몰라도, 열기가 뜨거운데 왜 걱정을 하십니까?"

이렇게 말하는 나를 보고 선배는 딱하다는 듯이 말했다.

"조선특구로 지정만 된다면 얼마나 좋겠어? 그러나 알다시피 그 지역은 수산자원보호구역이잖아? 그리고 다른 시·군에서도 너, 나 할 것 없이 조선특구 한다고 난리들이니 말이야. 우리 고성이 조선특구로 지정받는다는 보장이 없잖아? 만일에 말이야, 우리 고성이 조선특구로 지정받지 못하게 될 경우 그 후유증을 한 번 생각해 봤어?"

선배의 말을 듣고 나니 눈앞이 캄캄해 왔다. 그때까지 나는 그런 생각을 한 번도 해보지 않았기 때문이다. 모든 고성군민이 한결같이 조선특구에 열광하는 것을 보고 마냥 흐뭇해 하고만 있었다. 그런데 선배의 말을 듣고 나니 중압감이 한꺼번에 밀려오는 것 같았다. 선배의 말대로, 조선산업특구 유치에 실패할 경우 군민들의 실망은 말할 수 없이 클 것이며 그에 대한 비난의 화살은 모두 나에게로 쏟아질 것은 불을 보듯 뻔하기 때문이다. 조선산업특구 지정을 열망하는 모든 고성 군민들은 나를 원망하고 비난하는 사람들로 바뀔 것이다. 단순한 비난의 차원을 넘어 나를 주민소환하려 할지도 모른다. 그럼에도 불구하고 군민들을 이렇게 조선특구 열광 속으로 몰아넣고 있는 내가 참 한심스럽다는 생각까지 들었다.

해양수산부 소속 중앙연안관리심의위원회 위원들이 심의에 앞서 현장 확인차 고성을 방문했다. 고성에 도착하자마자 심의위원들의 눈에 들어온 것은 길거리 여기저기에 걸려 있는 조선특구 지정을 열망하는 현수막들이었다. 심의위원들이 더욱 놀란 것은 동해면 현장에 도착했을 때였다. 마치 올림픽에서 금메달을 획득한 선수들을 맞이하듯이 동해면민들이 심의위원들을 열렬히 환영하고 있었기 때문이다.

"동해면도 발전하고 싶습니다."

"심의위원님들을 전 동해면민은 뜨겁게 환영합니다."

이런 현수막들을 직접 손에 들고 박수를 치면서 환영하고 있었다. 심의위원 한 분이 나에게 다가와서 말했다.

"군수님, 이런 경우는 처음입니다. 현장 실사를 가면 반대하는 현수막이 걸려 있고 항의시위를 하는 것이 일반적인 현상인데 고성은 아주 특이한 경우입니다."

그러나 그 순간에도 내 머리 속에는 선배의 말이 맴돌고 있었다. 만일 특구지정이 되지 않는다고 하면 현수막을 들고 나온 이분들은 어떻게 할까 하는 생각이 내 머리 속을 꽉 메우고 있었다.

심의위원들을 찾아
설명하다

05

    조선산업특구 지정을 받기 위한 고성 군민들과 재외향우들의 열기는 활활 타고 있는 용광로처럼 뜨거웠다. 동해면의 분위기는 한없이 들떠 있었다. 시간만 지나면 조선산업특구로 지정될 것이라고 굳게 믿고 있었으며, 조선특구가 되지 않을 것이라고 생각하는 사람은 아무도 없는 것 같았다.

    '조선특구 유치 열기가 너무 뜨거워 걱정이 태산 같다'고 했던 선배의 말이 자꾸 생각났다. 조선특구 지정에 대한 군민들의 열기가 뜨거울수록, 군민들의 믿음이 강할수록 만일 실패할 경우 나에 대한 비난의 강도는 더 클 것이라는 생각을 하니 머리가 터질 것만 같았다.

그러는 동안, 중앙연안관리심의위원회의 심의일자가 점점 다가오고 있었다. 심의위원회에 제출되는 서류에는 환경부의 의견과 부산에 있는 국립수산과학연구소의 의견이 첨부되도록 되어 있었다. 따라서 환경부와 국립수산과학연구소의 의견이 좋게 나오도록 만드는 것이 중요했다.

먼저 환경부 담당과를 찾아갔다. 그러나 환경부 담당직원의 태도는 얼음처럼 차가왔다.

"군수님, 바다매립에 대해서 저희들이 좋은 의견을 제시해 드릴 수 없습니다. 이런 식으로 바다를 매립한다면 남해안도 서해안처럼 될 수밖에 없기 때문입니다."

"서해안처럼요?"

'서해안처럼 된다'는 말이 얼른 이해가 되지 않아 되물었다.

"서해안에 그 많던 리아스식 해안이 매립으로 인해 대부분 사라졌지 않습니까? 해안선이 아예 일직선으로 되어 버렸습니다."

그때부터 우리 군 담당직원인 J 계장은 환경부에 살다시피 했다. 고성의 해안은 서해안의 해안과 다르다는 사실을 설명해 주고, 조선특구 지정에 대한 우리 고성군의 의지를 보여주기 위해서였다.

"서해안은 바다 생태에 아주 중요한 얕은 뻘밭이지만 우리 고성은 수심 15m의 깊은 바다입니다. 뻘밭이 아예 없습니다."

우리 고성군 직원의 강한 의지에 감동되었던지, 환경부 담당직원의 마음도 시간이 갈수록 조금씩 바뀌기 시작했다. 바다매립에 대한 부정적 시각은 바뀌지 않았지만 처음의 강한 부정이 부드러운 부정으로 변해 있었다.

다음은 부산시 기장군에 있는 국립수산과학연구소를 찾았다. 연구소 원장을 만나 고성군의 입장을 설명했다. 그러나 그 원장의 머릿속에는 바다를 매립하면 수산자원을 고갈시키고 말 것이라는 생각이 뿌리깊이 박혀 있었다.

"군수님, 그곳은 피조개 종묘 양식장으로 사용되고 있는 바다입니다. 조선소가 들어서면 피조개 종묘양식에 치명적인 피해를 입히게 될 것입니다."

몰라도 한참 모르는 말이었다. 원장은 20년 전의 이야기를 하고 있었다. 원장의 말대로 20년 전에는 이 지역 바다가 피조개 종묘 양식장이었다. 그때는 피조개 종묘양식으로 인해 동해면 지역의 경제가 활황을 띠고 있었다. 그러나 피조개 종묘양식은 이미 옛날의 전설이 되어 버렸다. 그런데도 그분은 그 이야기를 하고 있었다.

"원장님, 그 지역에서는 더 이상 피조개 종묘양식을 하지 않습니다. 그래서 지역민들이 조선산업특구를 강력히 희망하는 것입니다."

그러나 내가 하는 이 말을 원장은 주의 깊게 들으려고 하지 않았다. 원장의 머릿속에는 그 지역 바다는 피조개 종묘양식장이라고 하는 잘못된 사실이 각인되어 있었기 때문이다. 기막힌 탁상행정이라는 생각을 했지만 입 밖으로 내뱉을 수는 없었다.

이어, 국립수산과학연구소의 담당직원을 만났다. 어쩌면 그렇게도 원장의 생각과 담당직원의 생각이 똑같은지 놀랄 정도였다. 마침 그 직원의 고향이 고성이었던지라 애향심에까지 호소했다.

"고향을 위해 좀 도와주십시오. 그 지역은 더 이상 피조개 종묘 양식장이 아닙니다. 옛날이야기입니다. 지역민들도 모두 조선특구를 희망하고 있습니다."

그러나 피조개 종묘양식장을 보호해야 한다는 그 직원의 확고한 생각은 전혀 움직이지 않았다.

환경부 직원은 환경을 보호하기 위해서 바다매립은 안 된다고 했고, 국립수산과학연구소 직원은 수산자원을 보호하기 위해서 매립은 안 된다고 했다. 모두들 자기 직무에 너무 충실했다. 그러나 다른 각도에서 생각해 보면 모두들 자기 직무 이기주의에 깊이 빠져 있다는 생각을 하지 않을 수 없었다.

결국 이 두 기관의 의견은 부정적으로 제시되었다. 물론 우리들의 설득과 노력으로 그 표현은 많이 부드러워졌지만 말이다.

심의일자가 점점 다가오고 있었다. 나는 해양수산과 G 계장과 함께 심의위원들을 한 사람 한 사람 만나기로 했다. 최소한 고성 군민들의 조선산업특구에 대한 열망을 다시 한 번 전달해야 되겠다는 생각을 했기 때문이다.

심의위원들이 근무하는 대학과 연구소로 찾아갔다. 서울에도 있었지만 춘천, 대구, 광주, 대전 등 여러 도시에 있었다. 이분들은 모두 얼마 전 고성 현장을 한번 방문했으며 그때 인사를 나눈 뒤라 만나는데 불편하거나 어색하지는 않았다.

"바다 환경을 해치지 않도록 최선을 다하겠습니다. 말하자면 친환경조선소가 되도록 하겠습니다."

"우리 고성 군민 모두의 간절한 바람입니다. 우리 군민들이 실망하지 않도록 해 주시기 바랍니다."

한 심의위원은 약간은 딱하다는 듯이, 약간은 감동스럽다는 듯이 말했다.

"군수님, 제가 심의위원으로 몇 년을 일했지만 군수님께서 이렇게 직접 찾아와 설명하고 설득하는 경우는 없었습니다."

심의위원 교수를
3시간이 넘도록 기다리다

06

조선산업특구는 그 첫 관문인 해양수산부의 중앙연안관리심의위원회를 통과했다. 정말 기적처럼 느껴졌다. 환경부 담당부서와 국립수산과학연구소에 가서 설명을 하고, 설득도 하고, 또 때로는 애걸하듯이 매달리기도 했다. 전국을 누비며 심의위원들을 만나 우리 고성의 상황과 입장을 설명하기도 했다. 이 모든 것이 주마등처럼 내 눈앞을 스쳐 지나갔다.

그러나 이것은 3개 위원회 중에서 그 첫 관문을 통과한 것에 불과했다. 그 다음 단계는 건설교통부의 중앙도시계획위원회였다. 중앙도시계획위원회를 통과하는 것은 중앙연안관리심의위원회를 통과하는 것보다 훨씬 더 까다롭다는 것이 일반적인 의견이었다. 원안 통과는 거의 불가능하고 면적이 절반으로 축소되거나 아예 통과되지 않는 경우가 허다하다고 했다.

심의를 신청한 사업이 너무 많아 한참을 기다려야 된다는 건설교통부 담당직원의 말에 우리의 실망은 매우 컸다. 우리 고성에서 제출한 조선산업특구는 심의를 하더라도 통과가 힘들 것이라고 하는 담당자의 말은 실망을 넘어 절망으로 들렸다.

"군수님, 6개월 전에 들어온 사업도 아직 심의하지 못하고 있습니다. 한참을 기다려야 합니다. 그런데 저희들이 검토한 결과, 고성에서 제출한 조선특구 사업은 심의를 하더라도 통과가 힘들 것 같습니다."

나는 그냥 그 자리에 주저앉고 싶은 심정이었다.

'6개월 이상을 기다려야 한다니! 심의를 하더라도 통과가 힘들다니! 3개 기업에서는 우리를 믿고, 아니 나를 믿고 부지까지 매입했는데! 지금 고성 군민들은 조선특구에 모든 희망을 걸고 있는데!'

나는 당시의 상황을 심각한 비상사태라고 판단했다. 6개월 이상을 기다린다면 조선특구에 대한 군민들의 열기가 식어 버릴 것이다. 더구나 만일 통과가 되지 않는다면 어떤 상황이 벌어질지 상상조차 하기 싫었다.

김명주 국회의원을 만났다.

"의원님, 지금은 심각한 비상사태라는 생각이 듭니다. 지금까지도 많은 역할을 하셨지만 이제 정말 적극적으로 나서 주셔야 하겠습니다."

"알겠습니다, 군수님. 우선 제가 담당국장을 직접 만나 보겠습니다."

며칠 후 김명주 의원이 말했다.

"군수님, 제가 담당국장에게 고성의 입장을 설명하고 간곡히 부탁했습니다. 그래서 6개월을 기다리지 않고 이번에 상정하는 것으로 합의를 했습니다. 그러나 통과되기 힘들 것이라는 부정적인 말을 하더군요. 통과될 수 있도록 최선을 다해 봅시다."

중앙도시계획위원회 심의일자가 확정되었고 나는 다시 전국을 돌며 심의위원들을 만났다. 어떤 심의위원은 군수인 내가 직접 방문하여 설명하려는 것에 대해 매우 부담스러워 하는 경우도 있었다. 내가 심의위원을 찾아갈 때는 지역경제과장인 C 과장과 J 계장이 함께 갔다. 미리 준비한 자료를 심의위원 앞에 펼치고 C 과장이 설명을 했다.

"1950년대까지 영국이 세계 조선시장을 꽉 잡고 있었습니다. 그러다가 일본에서 빼딸아서(주:빼앗아서) 50년 동안 세계 조선시장을 꽉 잡았습니다. 2000년 들어서서 조선경기가 끝났다고 판단해 부린(주:버린) 일본이 더 이상 투자를 하지 않자 한국이 일본한테서 조선시장을 빼딸아서 지금 우리나라가 세계 조선시장을 꽉 잡고 있다 아입니까?(주:있지 않습니까?) 지금 조선경기가 과열이다 카지만(주:하지만) 이럴 때 잘해야 된다고 우리는 생각합니다."

전혀 정제되지 않은 투박한 경상도 사투리로 진지하게 설명하는 C 과장을 심의위원 교수들은 약간은 신기하다는 듯이, 그러나 그 진심에는 동의하는 듯한 표정으로 들어 주었다.

광주의 모 대학 교수로 있는 심의위원을 만나러 갔다. 광주공항에 내리니 공항이 떠들썩했다. 무슨 일인가 살펴보았더니 나와 같은 비행기로 김두관 전 행정자치부장관이 광주에 도착했고 그를 환영하는 지지자들이었다.

"김두관을 대통령으로!"

"대한민국의 희망 김두관 대통령!"

이런 현수막들을 들고 김두관 전 장관을 열렬히 환영하고 있었다. 대통령 선거 유세를 방불케 하는 그 광경은 조선특구를 만들기 위해 혼을 바치고 있는 나에게는 남의 나라 일처럼 보였다.

심의위원 교수의 연구실에 도착했을 때 우리를 맞이한 것은 만나기로 된 교수가 아니고 대학원생이었다.

"교수님께서는 급히 손님이 오셔서 나가셨습니다. 1시간 가량 기다리셔야 만날 수 있을 것 같습니다."

우리는 그 교수와 만나기로 며칠 전부터 약속을 해놓은 터였다. 그러나 기다릴 수밖에 다른 방법이 없었다. 1시간이 지나고, 2시간이 지나도 그 교수는 오지 않았다. 좀 더 늦는다는 대학원생의 전달만 있었다. 우리가 기다린 시간은 벌써 3시간을 넘어서고 있었다.

우리가 기다린 시간이 3시간을 훌쩍 넘기고 있었을 무렵 그 교수가 헐레벌떡 나타났다.

"군수님, 미안합니다. 외국에서 갑자기 손님이 와서 그만 실례를 범했군요. 식사시간이 되었으니 저녁 식사나 하면서 이야기 합시다. 오늘은 제가 식사를 대접해 드리겠습니다. 기다리게 한 죄로 말입니다."

우리는 그 교수로부터 식사도 대접받고 또 학교 기념품도 선물로 받았다. 심의위원을 만나 식사대접을 받고 선물까지 받기는 처음이었다. 연구실에서 차 한 잔 얻어 마신 것이 전부였는데 많이 기다린 덕에 이런 대접도 받는구나 하고 생각하니 나도 모르게 웃음이 나왔다. 조선특구에 대한 우리의 설명을 듣고 난 후 그 교수는 만족스런 표정으로 말했다.

"군수님께서 이 먼 곳까지 와주셔서 고맙습니다. 그리고 많은 시간 기다리게 해서 정말 죄송합니다. 제가 힘닿는 데까지 도와드리겠습니다."

3안이 통과되는
기적이 일어나다

07

　수도권 지역의 모 대학 여교수는 심의위원 중에서 가장 까다로운 분으로 알려져 있었다. 자연을 그대로 보존하는 것을 선호하고 개발하는 것을 근본적으로 싫어하는 분이라고 했다. 그래서 많은 사업이 이분한테서 제지를 당한다고 했다.

　우리가 만나러 간다는 연락을 받은 그 여교수는 군수인 나는 오지 말고 직원들만 오라는 메시지를 전해왔다. 내가 가면 부담스러우니까 그런 부담을 지고 싶지 않다는 뜻이었다.

　그 여교수는 내가 졸업한 서울 공대 출신인데 나하고는 학과가 달랐다. 나와 잘 아는 부산 모 대학 교수가 이 여교수와 같은 학과 동기생이었다. 그 교수가 이 여교수에게 전화를 하여 고성군수를 한 번 만나 설명을 들어보라고 부탁을 했다. 그래서 나는 그 여교수를 만날 수 있었다. 그 여교수는 나를 만나자마자 우리가 추진하고 있는 조선특구에 대한 부정적인 말부터 쏟아 내었다.

"군수님, 시골에 무슨 조선소를 짓습니까? 자연을 그대로 보존하면서 친환경적으로 지역을 발전시키는 방안을 찾으셔야죠. 저는 고성을 조선산업특구로 지정하는 것을 찬성할 수 없습니다. 바다를 매립하여 조선소 세우는 사업을 저는 반대합니다."

단호한 어조로 말했다. 아무리 설명을 해도 전혀 마음을 바꾸려하지 않았다. 그렇다고 여기서 포기한다면 중앙도시계획위원회에서 그 여교수의 반대는 불을 보듯 뻔했다. 나는 그 여교수에게 애원하듯이 부탁했다.

"교수님, 고성을 한번 방문해주십시오. 조선특구 현장을 안내해 드리겠습니다. 공룡세계엑스포 행사장도 교수님께 보여드리고 싶습니다. 고성이 어떻게 친환경적으로 발전할 수 있는지 오셔서 지도도 해주시면 고맙겠습니다."

그러나 그 여교수의 반응은 전혀 변함이 없었다. 아무런 긍정적인 대답도 듣지 못한 채 우리는 헤어져야 했다. 그렇지만 처음 만났을 때의 강한 태도가 많이 누그러졌다는 것을 그 여교수의 말투에서 느낄 수 있었다.

"군수님, 지역 발전을 위한 군수님의 열정은 인정해드리고 싶습니다. 그렇지만 이번 조선특구 사업에 저는 찬성표를 던질 수 없습니다."

결국 그 여교수는 심의위원회에 참석을 하지 않았다. 아마 찬성할 수는 없고, 그렇다고 반대하자니 나에게 미안하여 참석을 포기해 버린 것 같다는 생각이 들었다.

심의위원회가 열리기 전날 오전 11시, 나는 건설교통부의 담당 국장을 만났다. 김명주 의원의 강력한 부탁에 못 이겨 조선특구사업을 심의위원회에 상정은 하지만 통과는 되지 않을 것이라는 것이 국장의 변함없는 생각이었다. 국장은 세 가지 안을 제시하면서 그중 하나를 선택하라고 했다.

"군수님, 군수님께 세 가지 안을 제시하겠습니다. 1안은 그냥 상정하지 않는 안입니다. 상정해 봐야 통과되지 않을 것이 뻔하니까요. 2안은 상정은 하되 심의를 보류하는 안입니다. 군수님의 입장도 살리면서 시간을 버는 것입니다. 3안은 그냥 밀어붙이는 안입니다. 그러나 이 안은 전혀 가능성이 없는 무모한 안입니다. 1안과 2안 중에서 선택하시는 것이 좋을 것 같습니다."

기가 막혔다. 상정을 포기하든지 아니면 내 입장을 살리는 선에서 상정은 하되 심의는 보류함으로써 적당히 마무리하자는 뜻이었다. 조선특구에 대한 우리 고성 군민들의 뜨거운 열망을 몰라도 너무 모르고 하는 소리였다. 내가 심의위원들을 만나서 얼마나 열심히 설명하고 설득했는지 전혀 알지 못하고 하는 말이었다.

"국장님, 저는 1안도, 2안도 선택할 수 없습니다. 상정도 하고 심의도 해야 합니다. 3안을 선택하겠습니다. 좀 도와주십시오."

"제가 도와드린다고 해서 되는 일이 아닙니다. 결정은 심의위원들이 합니다. 저는 단지 정확한 상황을 말씀드리는 것뿐입니다."

"국장님, 저는 그렇게 할 수 없습니다. 상정도 하고 심의도 해야 합니다. 제가 선택할 수 있는 것은 3안뿐입니다."

담당국장은 참으로 딱하다는 표정을 지으면서 나를 물끄러미 바라보았다. 도대체 말이 통하지 않는 꽉 막힌 시골군수라는 생각을 하는 것 같았다.

심의는 그 다음날 오전 10시에 시작되었고 우리 고성의 조선산업특구안은 세 번째 안으로 상정되었다. 15명 정도 되는 심의위원들 앞에서 나는 진지하고도 결연한 의지로 차근차근 설명을 했다.

"이 지역은 수산자원보호구역입니다. 그러나 수산자원은 모두 고갈되었습니다. 따라서 이곳 주민들은 더 이상 수산자원에 의지하여 생계를 이어갈 수 없습니다. 그래서 모두 조선산업특구를 강력히 희망하고 있습니다. 3개 기업이 이곳에 부지를 매입했으며 조선소 및 기자재공장을 세울 준비를 하고 있습니다. 환경을 해치지 않도록 잘 지도하고 감독하겠습니다."

몇 가지 질문이 이어지면서 분위기가 담당국장의 예상과는 전혀 다르게 우리 고성에 유리한 방향으로 흘러가고 있었다. 특히 나를 3시간 이상이나 기다리게 한 광주지역 모 교수는 고성군의 입장을 옹호하는 듯한 질문도 해주었다. 담당국장은 처음에 몹시 당황해

하는 모습이었다. 자기가 예상하지 못한 방향으로 분위기가 흘러가고 있었기 때문이다. 전체 분위기가 고성군에 호의적인 방향으로 흐르자 담당국장도 결국 호의적인 방향으로 선회하였다.

"위원님들께서 고성지역 사업에 대해서 별다른 이견異見없이 원안에 찬성을 하시니 우리가 고성군과 잘 협의해서 진행하겠습니다. 지적하신 몇 가지 사항은 잘 보완하도록 하겠습니다."

이렇게 해서 조선산업특구 사업은 그 까다롭고 힘들다고 하는 중앙도시계획위원회를 원안 통과하게 되었다. 심의가 끝난 뒤 담당국장이 나에게 솔직한 심정을 털어놓았다.

"군수님, 기적입니다. 이건 기적이라는 단어 이외에는 표현할 방법이 없습니다. 한 지역사업도 취소되거나 아니면 최소한 1/3이 축소되는 것이 보통입니다. 3개 기업이 3개 지역에 동시에 사업을 하는데 원안 통과라니, 어떻게 된 건지 제가 어리둥절할 뿐입니다."

드디어 조선산업특구로
지정되다

08

　중앙연안관리심의위원회를 통과하고, 중앙도시계획위원회도 원안 통과했다. 힘들고 어려운 굽이굽이 험한 길을 이제 2/3를 넘었다.

　그런데 갑자기 내 몸에 이상이 생겼다. 온 몸이 부들부들 떨리면서 쑤셔왔다. 입맛도 완전히 없어졌다. 아직 넘어야 할 험한 고비가 남아 있는데 말이다. 여기서 쓰러져서는 안 된다고 생각하며 버티려고 애를 썼지만 결국 병원에 입원을 하고 말았다. 진단 결과 과로로 인한 몸살이라고 했다. 전국을 누비면서 심의위원들을 찾아다니다 보니 몸에 무리가 왔던 것 같다.

　생각해 보면 처음부터 무모한 도전이었다. 수산자원보호구역에 조선소를 세우겠다고 덤빈 사실부터 무모하다는 말 이외에는 달리 표현할 말이 없지 않은가? 대부분의 사람들은 이학렬 군수가 참으로 무모한 도전을 한다면서 걱정을 했다. 경찰서장까지도 안 된다면서 나를 만류했을 정도였다.

그런데 내가 조선산업특구를 추진하자 이제 잘 걸려들었다면서 내가 두 손을 들고 항복하는 그 시기를 기다리는 사람들이 있었다.

"이번에는 이학렬 군수가 꼼짝없이 자충수에 말려들었어. 조선특구가 좌절되는 그날이 우리의 거사일이 될 거야."

군민들에게 큰 기대와 희망을 주고, 많은 행정력을 낭비하고, 고성의 땅값만 올려놓은 이학렬 군수! 조선산업특구가 실패하면 그런 이학렬 군수를 주민 소환할 것이라고 준비하고 있는 사람들이 있었다. 고성 군민들이 조선특구 지정을 갈망하면서 열광에 빠져들고 있었을 때 그 사람들은 쾌재를 부르고 있었다. 해군교육사령부 유치도 실패하고 조선특구 지정도 실패하게 되면, 이제 이학렬 군수가 빠져 나갈 구멍이 없다고 생각하면서 말이다. 이런 함정이 나를 기다리고 있었다.

그런데 그 사람들의 예측은 빗나가고 있었다. 조선특구 지정을 위한 과정들이 하나씩 순조롭게 진행되어 가고 있었기 때문이다. 나에 대한 주민 소환을 준비하고 있던 사람들은 불안해하기 시작했다. 중앙연안관리심의위원회를 통과하고 중앙도시계획위원회도 통과했기 때문이다. 이제 지식경제부의 특구위원회 통과만 남았다. 그런데 이 중요한 시점에 내가 병원에 입원을 하고만 것이다. 정말 큰일이 아닐 수 없었다.

'특구위원들을 만나 설명하고 설득해야 해! 이렇게 병원에 누워 있을 때가 아니야!'

몸부림을 쳐 보았지만 몸이 말을 듣지 않아 도저히 움직일 수 없었다. 특구위원회 심의일자를 불과 며칠 앞두고서야 병원에서 퇴원할 수 있었다. 잠시도 머뭇거릴 여유가 없었다. 특구위원회 통과를 위한 발걸음을 재촉해야 했다.

그런데 이번에는 전혀 예상치 못한 복병을 만났다. 나에 대한 주민 소환을 준비하고 있던 사람들이 조선특구 지정에 대한 방해 작업을 은밀히 추진하고 있다는 사실이 감지되었다. 심의위원들의 명단을 알아내어 고성에 조선산업특구가 지정되어서는 안 된다는 전화를 심의위원들에게 하고 있었던 것이다. 심지어 청와대에 전화를 걸어 조선산업특구의 부당성을 강조하기도 했다.

참으로 기가 막히고 어이가 없었다. 나를 반대하는 것까지는 이해를 한다. 선거를 하는 정치인에게는 항상 반대하는 사람들이 있게 마련이니까. 그런데 고성 발전에 크게 기여할 조선특구 지정을 방해하는 것은 도저히 용서할 수 없는 일이지 않은가? 그렇다고 해서 내가 그 시점에서 그 사람들과 싸울 수도 없는 일이었다. 심의위원들에게 더욱 진실된 마음으로 설명하고 설득하려고 애썼다.

심의위원들을 만나기 시작했다. 두 번의 심의위원회를 거치면서 심의위원들을 만난 경험이 있었기 때문에 어떻게 접근하고 어떤 말을 해야 할지 그 길과 방법을 터득하고 있었다. 어떤 심의위원이 내게 말했다.

"군수님, 조선산업특구라고 하면 울산시가 되든지 거제시가 되어야지, 어떻게 고성군이 되어야 합니까?"

나는 이 위기를 잘 모면해야 되겠다고 생각을 했다.

"예, 맞습니다 교수님. 지금 대한민국의 조선 산업을 이끌어 가고 있는 지역은 울산과 거제입니다. 그러나 울산이나 거제는 이미 조선소가 세워져 있지 않습니까? 굳이 조선특구를 지정받을 이유가 없지 않겠습니까? 그러나 우리 고성 지역은 수산자원보호구역이기 때문에 특구로 지정받지 않고서는 조선소를 건립할 수 있는 방법이 없습니다. 저희들의 입장을 이해해 주시면 고맙겠습니다."

내말을 들은 심의위원은 알았다는 듯이 고개를 끄덕였다. 그러

조선산업특구지정 환영식

나 조선특구라는 이름을 작은 농촌군인 고성에 붙여준다는 것이 아무래도 마음에 걸린다는 느낌이었다.

"음, 경남 고성이 대한민국에 하나밖에 없는 조선산업특구라…"

혼잣말처럼 중얼거렸다.

바쁘게 심사위원 한 분 한 분을 만나 설명을 하는 사이 어느덧 특구위원회 개최일자가 되었다. 아내는 벌써 며칠 전부터 교회에 나가 열심히 기도를 하고 있었다. 나도 마음속으로 간절히 기도했다. 너무나 절박한 순간이었다.

'하나님 아버지, 지금까지 힘들고 어려운 고비들을 넘기고 두 개의 위원회를 통과할 수 있도록 지켜주신 것을 감사드립니다. 이제 마지막 위원회를 잘 통과할 수 있도록 도와주시기 바랍니다.'

2007년 7월 16일은 결코 잊을 수 없는 날이다. 그날은 고성의 역사를 바꾼 날이기 때문이다. 그날을 계기로 42년 동안 감소되어 오던 고성의 인구가 증가하기 시작했기 때문이다. 인구 10만 고성시의 깃발을 올린 날이 바로 그날이기 때문이다.

생명환경농업에
도전하다

무모하게 선포한
생명환경농업

OI

　조선산업특구 지정을 받은 후 내가 곧바로 관심을 돌린 곳은 농업이었다. 솔직히 말해서, 그동안 고성군 농민들은 나에게 매우 서운한 마음을 가지고 있었다. 나를 농업에는 전혀 관심이 없는 군수라고 생각하고 있었기 때문이다.

　우리 고성은 전통적으로 농업군이었다. 고성 인구의 절반가량이 농업에 종사하고 있을 정도로 농업은 고성에서 가장 중요한 산업이었다. 그러나 고성은 선진화된 농업군이 아니라 전통적이고 고전적인 농업군이었다. 친환경농업을 하는 농가는 겨우 몇 농가에 불과할 정도였다. 말하자면 고성은 농업군이긴 하지만 낙후된 농업군이었다.

내가 공룡엑스포를 성공시키기 위해 온 몸을 바쳤을 때, 조선산업특구를 지정받기 위해 혼을 불살랐을 때, 농민들은 겉으로는 박수를 쳤지만 마음은 그렇지 않았다.

"우리 군수님은 농업에 대해서는 잘 알지도 못하고 관심도 없어."

내가 조선산업특구 지정을 성공시키자마자 곧바로 농업에 대해 깊은 관심을 가지기 시작한 이유가 바로 여기에 있다.

농업은 경쟁력 없는 산업이며 따라서 정부의 지원을 계속 받아야 한다고 모두들 생각하고 있었다. 여기에 바로 우리나라 농업의 근본적인 문제점이 있다는 사실을 알게 되었다.

"농업은 정말 경쟁력 없는 산업일까? 농업을 경쟁력 있는 산업으로 만들 수는 없을까? 정부의 지원을 받지 않고도 잘 사는 농촌을 만들 수는 없을까?"

그렇게 고심을 하면서 2007년 한 해를 넘기고 있었다.

2006년에는 공룡세계엑스포를 성공적으로 개최했고, 2007년에는 조선산업특구 지정을 성공시켰으니, 밝아오는 새해 2008년에는 농업에 대한 청사진을 마련해야겠다고 생각했다. 그러나 농업에 대한 청사진을 어떻게 마련해야 할 것인지 그 해답을 찾기란 쉽지 않았다. 정부가 수십 년 동안 엄청난 예산을 쏟아 붓고도 아직까지 정답을 찾아내지 못한 분야가 바로 농업 분야 아닌가?

문제를 해결하려면 그 근본원인을 알아야 한다고 생각했기 때문에 나는 농업의 구조적인 문제점을 파악하고자 애썼다. 우리가 지금 하고 있는 일반적인 농업, 즉 관행농업은 큰 문제점을 안고 있었다. 바로 농약, 비료, 제초제의 과다 사용이다. 이로 인해 나타나는 첫 번째 문제점은 심각한 환경 파괴다. 농약, 제초제, 비료의 사용으로 인해 개천과 강이 완전히 초토화되고 있지 않은가? 개천과 강에 있는 물고기가 떼죽음을 당하고, 바다에 있는 어패류도 죽거나 기형으로 변하고 있는 실정이다. 현실적으로 이보다 더 심각한 환경파괴 요소는 존재하지 않는다는 것이 나의 생각이다. 그럼에도 불구하고 환경운동 하는 분들이 이 문제에 대해 전혀 언급을 하지 않고 있는 현실이 몹시 답답했다.

관행농업의 또 다른 문제점은 이들 화학제품의 사용으로 인해 인류건강이 심각하게 위협받고 있다는 사실이다. 아토피성 피부로 고생하는 어린이들이 얼마나 많은가? 유치원에 다니는 어린 여자아이가 월경을 하는 경우도 있다고 한다. 임신을 하지 못하는 부부도 계속 증가하고 있지 않은가? 기형아 출산도 많아지고 있는 실정이다. 이런 모든 것들이 우리가 먹는 음식과 관련이 있으며 그 중심에 바로 농약과 제초세가 있다.

농업에 사용되는 화학제품에 대해 환경운동가들이 침묵을 지키고 있는 동안 의사들이 입을 열었다. 1980년경 인류건강을 위해 농약, 비료, 제초제의 사용이 자제되어야 한다는 의학계의 요구가 있었고, 그래서 친환경농업이 등장하게 되었다. 그러나 안타깝게도 친환경농업은 시작된 지 30년이라는 세월이 흘렀지만 널리 확산되지 못하고 있다. 친환경농업을 확산시키기 위해 친환경농업법이 만들어졌으며 친환경농업을 하는 농가에 대해 정부에서 예산도 지원해 주고 있다. 그럼에도 불구하고 친환경농업은 크게 확산되지 못하고 있다.

'친환경농업이 확산되지 못하는 이유가 무엇일까? 친환경농업이 가지고 있는 문제점이 무엇일까?'

나는 그 질문에 대한 답을 얻고자 많은 애를 썼다. 그러나 그 답을 얻지 못한 채 2008년 새해가 바로 눈앞에 다가오고 있었다. 새해를 앞두고 나는 결심했다.

'우리 농업을 바꾸어 보자. 경쟁력 없는 우리 농업을 경쟁력 있는 농업으로 바꾸어 보자. 남들이 불가능하다고 말했던 공룡세계엑스포를 성공시켰듯이, 수산자원보호구역에 조선산업특구를 지정받는 기적을 만들어 내었듯이, 경쟁력 없는 우리 농업을 경쟁력 있는 농업으로 바꾸는 역사를 만들어 보자.'

농약, 비료, 제초제를 사용하는 관행농업이 그 정답이 될 수는 없었다. 재정적으로 정부에 계속 의존해야 하는 친환경농업도 그 정답이 될 수 없었다. 친환경농업을 뛰어넘는 새로운 농업을 탄생시켜야 한다고 생각했다. 생명력이 넘치는 농업, 자생력을 가지는 농업, 그래서 국제경쟁력이 있는 농업 말이다. 나는 그 농업의 이름을 '생명환경농업生命環境農業 : living environment agriculture'이라고 지었다.

2008년 1월 4일, 우리는 고성읍 들판 한 가운데에서 소위 '생명

환경농업 선포식'을 가졌다. 그 자리에는 농민들도 참석했지만 고
성군 각 기관단체장, 사회단체장도 함께 자리했다. 온 군민의 힘을
함께 모으자는 취지에서 범군민적으로 선포식을 가진 것이다.

담당과인 농업정책과장에 농업직이 아닌 행정직 공무원 S 과장
을 발령 내었다. S 과장은 간부공무원 중에서도 창의력이 탁월한 사
람으로 알려져 있었다. 농업직의 경우 오랫동안 관행농업에 생각이
고착되어 있기 때문에 새로운 아이디어를 내기가 어렵다고 판단하
여 농업직 대신 행정직 간부 공무원을, 그것도 창의력이 뛰어난 S
과장을 발령 낸 것이다.

"S 과장, 생명환경농업은 정말 새로운 농업이 되어야 해. 지금의
친환경농업은 안 돼! 정부에 계속 의존해야 하고 경쟁력이 없단 말
이야! 우리 농업을 경쟁력 있는 농업으로 만들어야 해. 국제경쟁력

생명환경농업 선포식

말이야!"

　그 순간부터 나와 S 과장의 새로운 농업 찾기 행보가 시작되었다. 마치 보물찾기 하듯이 말이다. 농업에 관한 모든 정보를 찾고자 노력했다. 친환경농업이 확산되지 못하고 있는 근본적인 문제가 무엇인지 그 원인도 함께 찾아 나섰다.

자연농업학교를
만나다

O2

어느 날 고성군 농촌지도자 K 회장이 나를 찾아 왔다.

"군수님, 충북 괴산군에 자연농업학교라는 곳이 있습니다. 아주 선진화된 농법을 가르치고 있습니다. 그런데 제가 농업기술센터 직원들에게 이 학교를 소개했더니 도대체 제 말을 들으려고 하지 않았습니다. 군수님께서는 생명환경농업을 선포하지 않으셨습니까? 이 학교에 가서 강의를 들으시면 생명환경농업의 방향을 잡을 수 있을 것입니다."

다짜고짜 충북 괴산의 어느 학교를 소개하니 황당하기도 했지만 생명환경농업의 방향을 잡기 위해 고심하고 있었던 나에게 반가운 소식이기도 했다. 농업정책과 S 과장에게 이 학교에 대해 자세히 알아보도록 지시했다.

며칠 후 S 과장이 헐레벌떡 달려와서 흥분된 어조로 말했다.

"군수님, 아주 놀라운 교육장소입니다. 다른 농업교육과는 차원이 전혀 다릅니다. 군수님께서 지향하시는 방향의 교육을 하고 있습니다."

"S 과장, 그게 무슨 말인가? 차근차근 설명해 봐."

나는 S 과장을 진정시키면서 자세히 말해 줄 것을 요구했다.

"군수님, 이 학교에서는 일반 친환경농업과는 전혀 다른 내용을 가르치고 있습니다. 친환경농약과 친환경비료를 구매해서 사용하는 것이 아니라 농민이 직접 만들어 사용하는 방법을 가르칩니다. 토착미생물과 한방영양제 등을 농민이 직접 만들어 농사를 짓는 방법을 가르치고 있단 말입니다."

충북 괴산에 있는 자연농업학교에 입학하다

S 과장은 계속 흥분된 목소리로 '농민이 직접 만든다' 는 말을 두 번이나 반복하면서 말했다. 나는 S 과장을 다시 한 번 진정시키면서 되물었다.

"내가 지향하는 방향과 같다고 했는데 그 말은 무슨 말인가?"

"군수님께서는 지금의 친환경농업은 경쟁력 없는 농업이라고 늘 말씀하시지 않았습니까? 이 학교의 조한규 소장님께서 계속 강조하신 말씀이 바로 그 말씀이었습니다."

"아니, 그게 정말이야? 일반 친환경농업과 다르단 말이야? 친환경농약, 친환경비료를 구매하지 않고 농민이 직접 만들어 사용한단 말이야?"

생명환경농업을 선포하긴 했지만 어떻게 해야 할 것인지 그 방향을 가지고 있지 못했다. 한 가지 내가 분명하게 가지고 있었던 생각은 지금의 친환경농업으로는 경쟁력 있는 농업을 만들 수 없다고 하는 사실뿐이었다. 그런데 S 과장이 전해 온 소식은 놀랍고 반가운 소식이었다. 고성 농업에 새로운 희망이 보이는 것 같았다. 무모하기 짝이 없었던 나의 생명환경농업 도전이 어쩌면 실현 가능할 수 있다는 느낌이 들었다.

"우리 농민들에 대한 교육이 가장 중요해. 농민들이 그 학교에서 교육 받을 수 있도록 하게."

얼마 후 우리 농민 10여 명이 그 학교에 입학했다. 5박 6일의 교육이 진행되는 동안 나는 K 회장, S 과장과 함께 교육현장을 방문했

다. 우리 고성 농민 이외에도 전국 여러 지역으로부터 온 많은 농민
들이 교육을 받고 있었다. 학교를 찾아온 나를 조한규 소장은 따뜻
이 맞아 주었다.

"군수님께서 농업에 관심을 가지고 이렇게 먼 곳까지 직접 방문
해 주시니 고맙습니다."

내가 학교를 찾아온 사실에 대해 다른 지역 농민들은 몹시 부러
워했다.

"고성군 농민들은 너무 행복한 농민들입니다. 군에서 교육예산
지원해 주죠, 군수님께서 이렇게 찾아와 격려해 주죠. 우리는 우리
돈으로 교육 받고 있습니다. 우리 군수님은 우리가 이곳에 와서 교
육을 받고 있다는 사실조차 모르고 있습니다."

얼마 후 나는 30여 명의 고성군 농민들과 함께 이 학교에 입학했
다. 내가 직접 교육을 받고 그 내용을 알아야 자신 있게 실천할 수
있다고 생각했기 때문이다. 교육을 통해서 나는 친환경농업이 등장
하게 된 이유, 지금의 친환경농업이 경쟁력을 가질 수 없는 이유, 우
리 농업이 나아가야 할 방향 등에 대해서 정확히 알 수 있었다.

그런데 이상하지 않은가? 이 좋은 농법이 왜 빨리 전국으로 확산
되지 않을까? 나는 혼자말로 중얼거렸다.

'이렇게 많은 사람들이 여기서 교육을 받고 새로운 방법으로 농
사를 짓는데 왜 지금까지 이 농법이 전국적으로 확산되지 않을까?'

교육이 끝나는 날 나는 조한규 소장에게 물어보았다.

"소장님, 많은 사람들이 이렇게 새로운 농법을 배워 나가는데 왜 빨리 전국적으로 확산되지 않습니까?"

"군수님, 물이 가득 들어 있는 컵에 새로운 물을 담으려면 어떻게 해야 합니까?"

"컵에 있는 물을 버려야죠."

"그렇지요. 농사를 짓는 농민들이 기존의 생각을 버려야 이 방법을 받아들일 수 있을 텐데 그것이 쉽지 않답니다. 바로 옆에서 그런 방법으로 농사를 짓고 있는 것을 뻔히 보면서도 말입니다."

참으로 바꾸기 힘든 것이 고정관념이라는 것을 새삼 느꼈다. 우리들은 평소 고정관념에 사로잡혀 있는 경우가 많다. 예를 들어, 많은 사람들은 꽃에서는 아름다운 향기가 난다고 생각하고 있다. 그러나 그것은 잘못된 고정관념이다. 실제로 아름다운 향기를 내는 꽃은 10% 정도 밖에 되지 않는다. 나머지 90% 꽃은 향기를 내지 않거나 오히려 좋지 않은 냄새를 낸다고 한다. 그럼에도 불구하고 많은 사람들은 꽃은 아름다운 향기를 낸다고 믿어 버린다.

농사를 짓기 위해서는 비료, 농약, 제초제를 사용해야 된다고 많은 농민들은 굳게 믿고 있다. 꽃에서는 아름다운 향기가 난다고 굳게 믿고 있듯이 말이다.

이렇게 훌륭한 농사방법이 전국적으로 널리 확산되지 않는 이유가 바로 그 무서운 고정관념 때문이라는 결론을 내렸다. 그 고정관념은 농민들에게도, 농업관련 전문가들에게도, 농업관련 공무원들에게도 뿌리 깊이 박혀 있었다.

1970년대쯤으로 기억이 된다. 벼 수확량을 증가시키기 위해 통일벼를 개발하여 널리 보급시키고 있었다. 그러나 그 과정은 결코 쉽지 않았다. 기존 품종에 대한 뿌리 깊은 고정관념 때문에 정부에서 거의 강제적으로 통일벼를 보급해야 했다.

"수확량이 훨씬 증가됩니다. 새로 개발된 아주 우수한 품종입니다."

공무원들이 아무리 외쳐도 농민들은 한 걸음도 움직이려 하지 않았다. 행정의 눈을 피해 재빨리 기존의 품종으로 모내기를 해 버렸다. 공무원들이 논에 들어가 심어놓은 옛날 품종의 모를 모두 뽑아 버리기도 했다. 말하자면 행정에서 거의 강제적으로 통일벼를 보급시켰다.

조한규 원장의 이 새로운 농법이 크게 확산되지 않았던 이유가 바로 거기에 있었다. 농약, 비료, 제초제를 사용해야 된다는 그 뿌리 깊은 고정관념을 없애는 것이 결코 쉽지 않았던 것이다.

"개인의 힘으로는 한계가 있다. 전국 최초로 우리 고성에서 이 새로운 농법을 범군민적으로 시행하자. 개인의 힘보다는 행정의 힘이 훨씬 더 클 것이고 그 효과도 엄청날 것이다."

생명환경농업을
실천하다

03

　자연농업학교에서 교육을 마치고 돌아온 나는 고성군의 14개 읍면을 순회하면서 그 지역의 농업지도자들을 만났다. 자연농업학교에 대해 설명하면서 그 교육내용이 고성군의 생명환경농업과 일치한다는 사실을 말해 주었다.

　농업지도자들 중에는 자연농업학교에서 교육을 받은 분들이 있었기 때문에 대화에 많은 도움이 되었다. 그러나 교육을 받지 않은 분들의 경우에는 내 말을 이해하려고 하지 않았다.

　"이래봬도 내가 농사일을 수십 년 동안 해 왔어. 군수님이 농사에 대해서 뭘 안다고 나를 가르치려고 하는 거야? 고작 며칠 가서 교육 좀 받았다고 해서 자기가 농업 전문가라도 되는 듯이 말을 하네."

내가 자리를 떠난 후 이런 말을 하면서 불평하는 분들이 있었다고 한다. 나는 생각했다.

'내가 이 분들을 교육하거나 가르치려 해서는 안 될 것 같아. 고성농민들을 자연농업학교에 많이 입학시켜 교육을 받을 수 있도록 해야 될 것 같아.'

공무원, 사회단체 대표, 구의회의원 등 각계각층 대표들이 자연농업학교에서 교육을 받도록 했다. 어느 지방자치단체에서도 시도해 보지 않은 새로운 농업에 대한 이 도전을 성공시키기 위해서는 전 군민이 생명환경농업을 이해하는 것이 중요하다고 생각했기 때문이다.

2008년 첫해에는 생명환경농업을 벼농사에 먼저 적용하기로 했다. 생명환경농업은 특성상 개별 농가 단위로는 할 수 없으며 여러 농가가 공동체를 형성해야만 했다. 어떤 농가에서 생명환경농업을 하더라도 인근 논에서 농약, 제초제를 사용하게 되면 직접 영향을 받기 때문이다. 따라서 도로, 하천, 언덕, 산 등을 경계로 하여 그 지역의 모든 농가가 동참하는 하나의 단지(같은 지역의 농가들이 모여 만든 공동체)를 만들었다. 단지의 규모는 작게는 5만 평, 크게는 50만 평에 이르기도 했다. 이렇게 만든 생명환경농업단지가 고성군 전 지역에 16개, 면적은 163ha였다.

163ha, 16개 단지, 300여 농가! 고성군 생명환경농업의 첫 도전이었다. 농민들로서도 큰 모험이었지만 나로서는 위험하기 이를 데

없는 참으로 무모한 도전이었다. 비료, 농약을 전혀 사용하지 않고 농민들이 스스로 만든 천연비료와 천연농약을 사용하는 완전히 새로운 방법으로 농사를 짓도록 했으니 말이다.

생명환경농업에 관한 실험을 하고 농민들을 지도하기 위한 조직으로 '생명환경농업연구소'를 만들었다. 생명환경농업연구소에서는 일반 농사 시기보다 앞서 시험재배를 하여 관찰한 후 그 결과를 농민들 지도에 활용했다.

나는 생명환경농업연구소에 거의 매일 출근하면서 모의 생육 상태를 점검했다. 생명환경농업에서는 모내기 하는 방법도 관행농업과는 전혀 다르다. 두 농법의 차이점을 여기서 모두 설명할 수는 없겠지만 비교를 위해 한 가지만 예를 들어 보겠다. 관행농업에서는 평당(3.3㎡) 포기수가 75~80포기다. 그러나 생명환경농업에서는 평당 45~50포기다. 한 포기당 벼줄기 수는 관행농업 7~8개이지만 생명환경농업에서는 2~3개다. 말하자면 생명환경농업에서는 관행농업에 비해 훨씬 넓게 심고 훨씬 적은 수의 모를 논에 심는다.

16개 단지의 생명환경농업 현장도 거의 매일 방문했다. 한 단지를 방문했더니 할머니 한 분이 나를 붙잡고 거세게 항의했다.

"군수님, 이렇게 해서 무슨 농사를 짓습니까? 난 이렇게 농사짓지 않겠다고 했는데 동네 이장님이 꼭 하라고 해서 마지못해 했습니다. 그런데 무슨 농사를 이렇게 짓습니까? 논을 한번 보십시오. 텅 비어 있지 않습니까? 올해 농사는 완전히 망쳤습니다. 군수님이 책임지십시오."

그 할머니는 생명환경농업을 하지 않겠다고 했다고 한다. 늘 해오던 농사방법으로 농사를 짓겠다고 버텼다고 한다. 그런데 할머니가 동참하지 않으면 10만 평 정도 되는 논 전체가 생명환경농업을 할 수 없기 때문에 동네 이장이 할머니를 찾아가 사정을 하여 동참하게 했다고 한다.

모내기를 하고 보니 할머니의 눈에는 완전히 낯선 모습의 논이었다. 훨씬 넓게 심고 훨씬 적게 심었으니 논이 텅 비어 있는 것처럼 보일 수밖에 없었다. 올해 농사를 망쳤으니 나보고 책임지라는 것이 할머니의 항의 내용이었다.

생명환경농업단지 격려 방문

"할머니, 걱정하지 마십시오. 올해 농사 잘 될 겁니다."

"이렇게 텅 비어 있는 논을 보고도 농사 잘 될 거라는 말씀을 하십니까?"

내가 보기에도 논이 텅 비어 있었다. 더 이상 할머니에게 뭐라고 설명할 말이 없었다. 할머니의 하소연을 뒤로 한 채 생명환경농업 연구소로 향했다. 약 10일 전에 모내기를 한 시범포를 쳐다보았다. 10일 전이나 지금이나 별로 차이가 없었다. 말하자면 할머니의 논이나 시범포 논이나 텅 비어 있기는 마찬가지였다. 갑자기 겁이 덜컥 났다. 나는 혼자 중얼거렸다.

'모내기 한지 10일이 지났는데 아무런 변화가 없잖아? 내가 배운 바에 의하면 지금쯤 포기당 벼줄기 수가 많아지기 시작해야 하는데…'

만일 이 상태로 더 이상 벼줄기 수가 늘어나지 않는다면 할머니의 말대로 올해 생명환경농업을 시도한 농민들은 한 해 농사를 완전히 망치게 될 것이다. 그리고 무모하게 생명환경농업을 밀어 붙인 나는 그 책임을 모두 져야 할 것이다.

생명환경농업 논가에 앉아 몇 시간이고 벼 포기를 응시하기도 했다. 벼줄기 수가 늘어나기를 간절히 기도하면서 말이다. 어느 날 그렇게 앉아 있는 내 귀에 갑자기 크게 외치는 소리가 들렸다.

"군수님, 여기 줄기 수가 늘어났습니다."

담당과장인 S 과장이 나를 향해 소리친 것이었다.

"군수님, 여기를 보십시오. 줄기 수가 늘어났습니다."

벼 줄기 수가 5개로 증가되어 있는 것을 볼 수 있었다. S 과장과 나는 너무 기뻐 부둥켜안고 아이들처럼 펄쩍 펄쩍 뛰었다. 얼마나 감격스러운 순간이었던지 모른다. 그때부터 벼줄기 수는 하루하루 빠른 속도로 증가하기 시작했다. 며칠 지나자 포기당 줄기 수는 20개 이상으로 늘어났다. 10배 이상 늘어난 것이다. 정말 기적 같은 일이 아닐 수 없었다. 바로 옆 논의 관행농업에서는 벼줄기 수가 20개에도 채 이르지 못했다. 그러니까 2배 정도 늘어난 셈이다.

텅 비어 있는 것처럼 보이던 논이 싱싱한 푸르름으로 변했다. 벼 줄기 수가 늘어나면서 포기들이 부채꼴 모양으로 되어 햇빛이 잘 들고 공기도 잘 통할 수 있었다. 논 전체에 생명이 넘쳐나는 모양이었다. 논을 바라보는 내 마음이 활짝 열리는 것 같았다.

그러나 관행농업 논의 경우에는 생명환경농업 논과는 전혀 다른 모습이었다. 처음부터 너무 빽빽하게 많이 심어 답답한 모양을 하고 있었다. 벼줄기 수가 2배 정도 늘어나면서 부채꼴이 아닌 직립형으로 되어 햇빛이 잘 들 수 없고 공기도 잘 통할 수 없는 구조였다.

농민들 사이에
갈등을 일으키다

04

　'생명환경농업'은 나에게도, 우리 직원들에게도, 농민들에게도 아주 큰 모험이고 도전이었다. 고성군의 전 행정력을 생명환경농업에 집중시켰다. 생명환경농업을 성공시키느냐, 실패하느냐, 이것이 고성군 행정의 전부라 해도 지나친 말이 아니었다.

　담당 공무원들은 밤낮은 물론이고 휴일도 없이 생명환경농업 벼가 자라는 과정 하나하나를 점검했다. 각 읍·면장들도 자기 지역의 생명환경농업 벼 현황을 살피느라 매일 논으로 출근할 정도였다.

　그런데 문제가 생겼다. 나를 믿고 생명환경농업에 도전한 농민들이 모내기를 하자마자 곧바로 실망감에 빠져 버린 것이다. 나에게 거세게 항의했던 할머니처럼 말이다. 텅 비어 있는 논을 보고 실망한 농민들은 그 실망감을 억누르면서 행여 무슨 변화가 있을까 하는 초조함으로 하루하루를 보내야 했다.

그런데 모내기를 하고 10일쯤 후, 도저히 믿을 수 없는 일이 일어났다. 생명환경농업 논에 일종의 혁명이 일어난 것이다. 벼가 빠른 속도로 분얼(벼줄기 수가 늘어나는 현상)을 하기 시작한 것이다. 나도, 우리 직원들도, 농민들도 흥분의 도가니에 빠져 들었다.

"2줄기 심은 포기가 여러 개의 줄기로 늘어났어! 놀라운 일이야!"

"포기가 부채꼴처럼 벌어져 있어. 그래서 공기가 잘 통하고 햇빛도 잘 들어가는 것 같아."

"뿌리가 깊이 박혀 있어. 힘을 줘서 뽑아도 잘 뽑히지 않아."

"논이 살아 있는 것 같잖아! 그냥 보기만 해도 시원하게 보여!"

각자 관찰한 내용들을 이야기하면서 모두 흥분에 들떠 있었다.

"난 말이야, 모내기 하고 나서 얼마나 실망했는지 몰라. 모내기를 하자마자 생명환경농업 한 것을 후회했어."

"맞아, 나도 마찬가지였어. 1년 농사 망친다고 생각하니 앞이 캄캄했어. 군수 얼굴도 보기 싫어지더라고."

모두들 들뜬 목소리로 생명환경농업을 처음 시작했을 때의 심정을 앞 다투어 풀어놓기 시작했다. 마치 군대에서 제대한 사람들이 군대 경험을 이야기하는 것과 같은 모습이었다.

그러나 생명환경농업 면적은 163ha로서 고성군 전체 논 면적 7,000ha의 2%를 조금 넘어서는 면적에 불과했다. 생명환경농업을 하는 농민이 관행농업을 하는 농민에 비해 소수에 불과하다는 뜻이다. 대다수 농민들은 여전히 농약과 제초제를 사용하는 관행농업을 하고 있었다.

모내기를 시작할 무렵, 관행농업을 하는 농민들은 생명환경농업을 하는 농민들을 우려의 눈으로 바라보았다. 어리석은 사람들이 큰 실수를 하고 있다고 생각했다.

"저 사람들 정신 나간 사람들이야. 농사를 수십 년 동안 지어온 사람들이 왜 저러는지 모르겠어. 농사일을 전혀 모르는 군수님 말만 믿고 1년 농사를 망치다니!"

"농사는 농사의 원리를 아는 농사꾼이 짓는 거야. 농사가 공룡엑스포 하고 같은 줄 아나 봐. 농사는 공룡엑스포처럼 그냥 밀어 붙인다고 되는 게 아니야!"

모내기를 한 후, 텅 비어 있는 논 앞에서 한숨짓는 생명환경농업 농민들을 보고 관행농업 농민들은 목소리를 더욱 높였다.

"그 봐! 금방 후회하잖아! 한치 앞도 못 보는 사람들이야. 앞으로 저 사람들 1년을 어떻게 살아갈지 내가 괜히 걱정되네."

"역시 우리가 잘 판단했어. 생명환경농업인가 뭔가 하는 것 따라 했더라면 1년 동안 한숨지으면서 살아야 할 뻔했잖아. 우리는 두 발 쭉 뻗고 자야지."

그런데 10일이 지나면서 상황이 바뀌기 시작했다. 생명환경농업 논에 일종의 혁명이 일어나고 있었기 때문이다. 논의 모습이 완전히 바뀌어져 갔다. 텅 비어 있었던 논이 꽉 찬 논으로 변해 가고 있었다. 싱싱한 생명이 꽉 찬 논으로 말이다.

생명환경농업 논을 바라보다가 관행농업 논을 바라보면 그냥 마음이 답답하게 느껴졌다. 생명이 없고 죽어있는 논처럼 보였기 때문이다. 생명환경농업 논이 싱싱한 푸르름으로 변한 모습을 보고 생명환경농업 농민들보다 관행농업 농민들이 더 크게 놀랐다.

"아니, 어찌된 일이야? 텅 비어 있던 논이 어떻게 이처럼 푸르게 변할 수 있어? 뭔가 잘못된 거 아니야?"

"벼농사가 이럴 수는 없어. 내가 농사를 수십 년 동안 지어온 사람이야. 어떻게 이런 말도 안 되는 일이 일어날 수 있어? 난 도저히 믿을 수 없어."

관행농업 농민들의 상식으로는 도저히 이해할 수 없는 일이 바로 눈앞에서 일어나고 있었다. 믿고 싶지 않았지만 지금 눈앞에서 벌어지고 있는 엄연한 현실을 믿지 않을 수 없었다. 불과 10일 전까지만 해도 의기양양하게 목소리를 높였던 관행농업 농민들이었다. 군수 말을 믿고 생명환경농업을 하는 농민들을 어리석은 사람들이라고 몰아세우기까지 했다. 그런데 이게 어찌된 일인가? 도저히 믿을 수 없는 기적 같은 일이 일어나고 있으니 말이다. 관행농업 농민들의 놀라움은 부러움으로 변했고 그 부러움은 곧 생명환경농업 농민들에 대한 일종의 질투심과 시기심으로 변해갔다.

"농사를 농민들이 짓는 거야, 군청에서 짓는 거야? 공무원들이 생명환경농업 논으로 아예 출근을 하고 있잖아?"

"농업에 예산을 지원하려면 똑같이 해야지. 관행농업에는 안 하면서 왜 생명환경농업에만 예산을 퍼 붓고 있어?"

참 이상한 일이었다. 생명환경농업이 좋은 농업인 것으로 증명되었으면 생명환경농업 농민들을 격려하고 축하해 주어야 할 텐데 그렇지 않았다. 생명환경농업 농민들을 질투하고 시기하면서 행정을 나무라고 비난하기 시작했다.

시간이 갈수록 생명환경농업 벼는 관행농업 벼에 비해 훨씬 더 건강하고 튼튼해졌다. 그런데 생명환경농업 벼가 자랄수록 관행농업 농민들과 생명환경농업 농민들 사이에는 눈에 보이지 않는 갈등이 커져가고 있었다.

지도직 공무원들의
반대

05

생명환경농업이라고 하는 새로운 농업을 시도했지만 사실 나는 농업에 대한 깊은 지식을 가지고 있지 않았다. 내가 가진 농업에 관한 지식은 어릴 때 집안 농사일을 도우면서 얻은 지식이 전부였다. 농촌에서 태어나 농촌에서 자란 나는 고등학교 시절까지 농사일을 도우면서 살았다. 그 후 대학에서는 농학이 아닌 공학을 전공했기 때문에 농업에 관한 나의 지식은 아주 미천한 수준에 불과했다. 그런 내가 생명환경농업에 도전했을 때 우리 고성에서 가장 강력하게 반대한 사람들은 다름 아닌 지도직 공무원들이었다.

지도직 공무원들의 주된 업무는 농민들의 농업기술을 지도하는 일이었다.

각종 농작물의 재배 시기가 되면 농민들에게 그 농작물에 대한 농업기술을 가르쳤다. 지난해보다 더 나은 기술을 소개하는 경우가 많았고, 이미 가르친 내용 중에서 중요한 부분을 다시 강조해서 가르치기도 했다.

그런데 내가 시도하고 있는 생명환경농업은 지도직 공무원들이 가르치고 있는 내용을 뿌리째 흔들어 버렸다. 한 가지 예를 들어 보겠다. 농업교과서에 나오는 가장 중요한 단어 중의 하나가 '심경다비深耕多肥'다. 흙을 20㎝ 정도 깊이 갈고 거름을 많이 주어야 농작물이 튼튼하게 자란다고 하는 내용이다. 이 단어는 농업에 있어서 절대 진리로 여겨져 왔다. 그런데 생명환경농업에서는 이 '심경다비'와 정면으로 배치되는 '천경소비淺耕少肥'를 주장했다. 흙을 2~3㎝ 정도 얕게 갈고 거름도 적게 주어야 한다는 것이다.

지도직 공무원들의 입장에서는 도저히 받아들일 수 없는 괴상한 이론일 수밖에 없었다. 그런데 그 이론을 군수가 주장하고 나섰으니 황당하기 이를 데 없는 상황이 되어 버린 것이다. 게다가 생명환경농업을 받아들이게 되면 지금까지 자기들이 잘못된 내용을 가르쳤다는 사실을 인정하는 결과가 되어 버리기 때문에 더욱 수긍하기 어려웠을 것이다.

지도직 공무원들을 설득하기로 마음먹고 간담회를 가졌다. 먼저 생명환경농업을 해야 하는 이유를 설명했다.

"여러분, 생명환경농업은 우리가 반드시 성공시켜야 할 시대적

사명입니다. 지구환경을 보호하기 위해서이며 인류 건강을 지키기 위해서입니다. 특히 우리 농업이 국제경쟁력을 가지기 위해서는 기필코 생명환경농업을 성공시켜야 합니다."

"생명환경농업은 지금까지 여러분이 농민들에게 가르친 내용과 배치된다는 사실을 잘 알고 있습니다. 그러나 이 세상의 모든 진리는 끊임없이 변화합니다. 생명환경농업은 농업의 새로운 진리입니다."

"여러분은 농업의 새로운 진리, 즉 생명환경농업 분야에서 우리나라 제일의 전문가가 될 수 있는 절호의 기회를 가지게 되었습니다. 그 기회를 놓치는 여러분이 되지 않기를 바랍니다."

그러나 지도직 공무원들은 내 말을 받아들이려고 하지 않았다. 자기들의 고유 영역을 침범한 생명환경농업이라고 하는 이 괴짜를 몰아내야겠다는 각오를 다지고 있는 모습들이었다. 그렇지만 군수인 내 앞에서 생명환경농업이 잘못된 농법이라고 하면서 공개적으로 덤벼드는 사람은 없었다.

"당신이 농업에 대해서 얼마나 안다고 그래?"

나를 향해 이렇게 말하는 듯한 표정들이었다. 나도 우리 지도직 공무원들의 심정을 이해할 수 있을 것 같았다. 평생 동안 익혀온 지식들을, 그리고 수십 년 동안 농민들에게 가르쳐 왔던 내용들을 하루아침에 쓰레기통에 버려야 한다는 사실! 얼마나 받아들이기 힘들었겠는가? 자신의 살을 찢는 듯한 아픔이었을 것이다. 이런 지도직 공무원들의 심정을 읽은 나는 나의 진심을 담아 말했다.

"여러분께서 지금 어떤 물건을 손에 잡고 있다고 가정합시다. 만일 여러분께서 다른 물건을 손에 잡으려고 한다면 가장 먼저 해야 될 일이 무엇이겠습니까? 지금 손에 잡고 있는 물건을 내려놓는 일입니다."

"여러분께서 지금 가지고 있는 지식을 내려놓아야 새로운 지식을 여러분의 머리에, 여러분의 가슴에 받아들일 수 있을 것입니다. 저는 오늘 여러분께서 그런 결단을 내려 주실 것을 당부 드립니다."

그러나 지도직 공무원들은 그런 결단을 내리려고 하지 않았다. 담당과장인 J 과장은 마지못해 내 의견을 따르기는 했지만 다른 직원들은 그들이 오랫동안 축적하고 쌓아온 지식을 지키려고 다짐하는 모습이었다.

고성군 공무원노동조합 G 위원장이 나를 찾아왔다.

"군수님, 생명환경농업에 대해 지도직 직원들의 반발이 아주 심합니다. 군수님께서 말씀하시는 것처럼 생명환경농업이 우리 농업의 혁명이 분명합니까?"

"그럼, 우리 농업에 새로운 패러다임을 제공할 거야. 우리 농업이 앞으로 기야 할 방향이야. 우리 고성이 먼저 시작하고 앞서가는 것뿐이야."

"그렇다면 지도직 공무원들은 왜 그렇게 반대를 합니까?"

"그 사람들은 농업 전문가들 아닌가. 농업에 대한 풍부한 지식을 가지고 있지. 그런데 말이야, 생명환경농업은 자기들이 가지고 있는 지식과는 전혀 다른 새로운 내용을 주장하고 있잖아? 평생 배우고 익혀 왔던 지식을 버린다는 것이 얼마나 힘들겠어?"

"이해가 가는군요. 지도직 공무원들이 저에게 와서 강력히 요청을 했습니다. 군수님께 항의를 해서 생명환경농업을 중단시켜 달라고 말입니다. 그래서 제가 '그 문제는 노동조합이 관여할 문제가 아니다. 전문가인 지도직 여러분들이 군수님을 설득하든지, 아니면 군수님과 맞장토론을 하든지 여러분들이 자체적으로 해결하라'고 했습니다."

지도직 공무원들의 반대는 그 뒤 상당한 기간 이어졌다. 시간이 지나면서 지도직 공무원들은 하나 둘씩 생명환경농업을 향해 그들의 마음을 열기 시작했다. 드디어 그들은 대한민국 농업의 새로운 지평을 여는 선구자의 길로 나아가기 시작한 것이다.

KBS 환경스페셜
촬영의 중단

06

고성의 생명환경농업은 자연농업학교 조한규 원장의 도움을 받으면서 시작했다. 농민, 공무원, 군의회의원, 사회 각계각층 지도자 등 많은 사람들이 자연농업학교에 입교하여 5박 6일간의 교육을 받은 것이 생명환경농업의 첫 출발이었다. 나도 자연농업학교에 입학하여 직접 교육을 받았다.

자연농업학교에서 이 농법을 배워 개인적으로 실천하는 경우는 더러 있었지만 행정이 주도하여 '생명환경농업'이라고 하는 새로운 이름으로 이 농업에 도전하는 것은 고성군이 처음이었다. 조한규 원장이 10일에 한 번 정도 고성으로 와서 농민들을 교육했으며 현장을 방문하여 가르치기도 했다.

조한규 원장의 소개로 KBS 환경스페셜에서 촬영 팀을 이끌고 고성으로 왔다. 우리는 촬영 팀들이 불편을 느끼지 않도록 최선을 다해 뒷바라지해 주었다. 온 정성을 다해 모셨다고 해야 올바른 표현일 것 같다.

환경스페셜 촬영 팀이 어떤 것을 촬영했는지 생각나는 대로 열거해 보겠다. 화학약품을 사용하지 않고 냉수온탕침법으로 볍씨를 소독하는 모습, 그 볍씨가 점파식 포트상자 안에서 건강하게 자라는 모습, 모내기를 한 후 불과 4시간 만에 벼가 뿌리를 바닥에 내리면서 몸을 일으키는 모습, 논에 있는 여러 생물들의 활동 모습, 벼 줄기 수가 10배 이상 늘어나는 신기한 현상, 논에서 사람 발자국이 서서히 사라지는 현상, 논 전체가 마치 살아 움직이는 듯이 숨 쉬는 모습, 벼이삭 한 개 줄기에 낟알이 무려 200개 이상 달려 있는 모습, 갈대처럼 튼튼하고 싱싱한 줄기, 두 배 정도로 깊이 내려간 뿌리 등이었다. 비교를 하기 위해 관행농업의 경우에도 똑같이 촬영을 했다.

촬영 현장을 유심히 지켜보면서 생각했다.

'KBS 환경스페셜은 아주 영향력 있는 프로그램이니 여기서 촬영한 내용들이 방송되면 우리나라 농업에 일대 혁명이 일어날 거야. 농약, 제초제, 비료의 지나친 사용이 우리 환경에 얼마나 나쁜 영향을 미치는지, 또 우리 인체에 얼마나 심각한 영향을 미치는지 우리 국민들이 알게 될 거야.'

공룡엑스포, 조선산업특구 등을 성공시켰을 때와는 전혀 다른,

차원 높은 보람을 느끼면서 강한 자부심마저 가질 수 있었다. 대한민국을 위해 일한다는, 아니 인류를 위해 기여한다는 큰 자부심 말이다.

그런데 이게 웬일인가? 그렇게 열심히 촬영하던 KBS 환경스페셜 팀이, 10번도 더 내려와 우리와 인간적인 정까지도 깊이 들었던 그 팀이 그만 발길을 뚝 끊고 말았다. 벼를 벤 후의 토양 비교, 생산된 쌀의 성분 분석 비교 등 아직 촬영할 부분이 많이 남았는데 말이다.

수개월이 지나 방영 예정일자가 가까이 왔을 때 나는 담당 PD에게 전화를 했다.

"K PD님, 방영 예정일자가 얼마 남지 않았는데 방영 준비 잘 되어 갑니까?"

내 전화에 K PD는 몹시 당황해 하는 느낌이었다.

"아, 군수님, 그게 지금 좀…. 제가 외국에 나가서 촬영을 해야 되는데 외국에 나가는 것이 잘 되지 않네요."

외국에 나가는 일이 잘 되지 않아 방영에 차질이 생겼다는 말을 나로서는 이해할 수 없었다.

KBS 환경스페셜은 결국 방영되지 않았다. 10여회에 걸쳐 고성에 1박 2일 동안 머무르면서 촬영한 그 비용이 결코 적지 않았을 텐데 말이다. 평소 흥미 있게 시청하던 KBS 환경스페셜을 그 이후로는 시청하기 싫어졌다.

고성군에는 '생명환경농업연구회'라는 모임이 있다. 생명환경농업을 확산시키고 정착시키는 역할을 하기 위해 생명환경농업을 하는 농민들이 자발적으로 만든 모임이다. 어느 날 이 모임에서 한 회원이 KBS 환경스페셜이 방영되지 않는데 대해 강한 불만을 토로했다.

"여기서 촬영한 KBS 환경스페셜은 왜 방송 안 하는 거야? 그렇게 부지런히 촬영을 하더니 말이야!"

마치 그 책임이 나에게 있다는 듯이 나를 쳐다보며 말했다.

"저도 잘 모르겠습니다. 궁금해서 한번 전화를 했는데, 외국에 나가지 못해서 방영이 안 된다고 대답을 하더군요."

"외국에 나가지 못한다는 게 말이 돼? 우리 같은 사람도 외국에 나가고 싶으면 얼마든지 나가는데 말이야. 외국에 나가는 것이 뭐가 그렇게 힘들다는 거야?"

마치 나한테 항의하듯이 버럭 화를 내었다. 외국에 나가지 못해 방영이 안 된다고 하는 것은 내가 생각해도 이해가 되지 않기 때문에 나로서도 달리 변명할 말이 없었다. 그분은 화를 참지 못하고 다시 말했다.

"뭐가 있는 거야. 우리가 모르는 뭐가 있단 말이야. 그렇게 부지런히 촬영을 하더니 왜 갑자기 오지 않고 또 방송도 안 하는 거야? 한번 생각해 봐. 그게 방송이 되면 어떻게 되겠어? 전국적으로 나가는 방송인데 말야."

"뭐가 있단 말입니까?"

나도 모르게 순간적으로 되물었다.

"군수님, 그걸 몰라 물으십니까? 한번 생각해 보십시오. 그게 전국적으로 방송되면 농약회사, 비료회사에 얼마나 타격이 크겠습니까? 그러니 뭐… 농약회사, 비료회사에서 그냥 가만히 있었겠습니까? 어떻게 해서라도 방송을 막아야지."

"설마 그럴 리야 있겠습니까?"

나는 나 자신을 위로하듯이 말했다.

어느 날 고성출신 산악인 엄홍길 대장을 만나 대화하던 중 KBS 환경스페셜 이야기를 했다. 이야기를 듣고 있던 엄대장이 말했다.

"군수님, 제가 한번 알아보겠습니다. 상황이 어떻게 된 것인지 말입니다."

얼마 후 엄대장이 전해온 말이다.

"군수님, KBS 자체 제작팀이 아니라고 합니다. 외주 제작팀이랍니다. 그래서 KBS 측에서는 내용을 전혀 모르고 있었습니다."

그렇다고 하면, 외주제작사는 그렇게 열심히 촬영해 놓고 왜 갑자기 중단해 버렸을까?

생명환경농업을
외면한 언론사

07

군수로 취임하면서 내 자신에게 약속한 내용을 소개한다.

'관리형 군수는 수비형 군수이고 경영형 군수는 공격형 군수야. 나는 관리형 군수가 되지 않고 경영형 군수가 될 거야.'

'관리형 군수는 군민들에게 당장은 인기가 있을지 몰라. 그러나 고성 발전을 위해 결코 큰일을 할 수 없어. 경영형 군수는 당장은 비난을 받을지 몰라. 군수를 만나기 힘들다고, 군수가 달라졌다고 욕할지 몰라. 그러나 고성을 위한 큰 그림을 그릴 수 있고 고성을 발전시킬 수 있어.'

나는 내 자신에게 한 약속을 지키기 위해 최선을 다했다. 고성군 내 262개 마을을 찾아 주민들을 만나 함께 술도 마시면서 민원 해결에 신경 쓰다 보면 고성을 위한 큰 그림은 전혀 그릴 수가 없을 것이라는 것이 나의 생각이다. 나는 고성을 위한 큰 그림을 그리기 위해 고심하고 또 고심했다. 그것이 바로 내 자신에게 한 약속을 지키는 일이라고 생각했다.

각 읍·면에는 읍·면장들이 있다. 읍·면장은 군수를 대신하여 그 지역에 파견되어 있는 지역사령관이나 마찬가지다. 군이 군수가 직접 나가서 민원을 해결하지 않더라도 읍·면장들이 있기 때문에 그 역할을 할 수 있다. 또한 지역민이 직접 선출한 군의원들도 있다. 군의원들이 읍·면장들과 함께 그 역할을 훌륭하게 해 낼 수 있다. 군수도 가끔씩 각 지역을 둘러볼 필요는 있겠지만 그런 일에 너무 얽매여서는 안 된다는 뜻이다.

그런 민원들은 내가 직접 하지 않고 읍·면장들이 군의원들과 의논하여 해결하도록 했다. 그래서 나는 고성을 위한 큰 그림을 그릴 수 있었다. 그 결과 공룡발자국을 소재로 세계엑스포를 계획하여 성공시킬 수 있었다. 우리나라 유일의 조선산업특구를 지정받을 수도 있었다. 그리고 우리나라 농업의 혁명이 될 생명환경농업에도 도전할 수 있었다.

많은 사람들이 불가능하다고 했던 공룡세계엑스포를 성공시켰을 때 너무 흐뭇했다. 바다의 그린벨트라고 하는 수산자원보호구역에 조선산업특구를 만들었을 때 하늘을 날고 싶을 정도로 기뻤다. 그러나 생명환경농업을 성공시켰을 때 그 감동은 공룡엑스포, 조선산업특구와는 차원이 다른 것이었다. 공룡엑스포, 조선산업특구는 고성을 널리 알리고 고성경제를 활성화시키는 역할을 했지만 생명환경농업은 고성의 차원을 넘어 대한민국의 농업 패러다임을 바꾸는 대사건이기 때문이다.

2008년 8월 15일 광복절 기념사에서 이명박 대통령은 저탄소 녹색성장을 선포했다. 내가 생명환경농업을 선포한 7개월 후 대통령이 녹색성장을 선포한 것이다. 내가 선포한 생명환경농업은 대통령이 선포한 녹색성장의 핵심이라고 나는 확신했다.

2차 산업은 우리 생활을 편리하게 해 주는 산업이며 3차 산업은 삶의 질을 높여주는 산업이다. 반면 1차 산업은 우리의 생존과 관련된 산업이다. 생존의 문제가 해결되지 않은 상황에서 생활의 편리함과 삶의 질 문제를 이야기할 수 없지 않겠는가? 생명환경농업이 녹색성장의 핵심이라고 말하는 이유가 여기에 있다.

현실적으로도 생명환경농업이 녹색성장의 중심이 되어야 하는 이유를 설명할 수 있다. 먼저 에너지 절약 측면을 생각해 보자. 2008년을 기준으로 우리나라의 연간 비료 사용량은 57만 톤이었다. 그 비료 생산을 위해 사용된 벙커C유 양은 242만 리터였다. 비료 생산을 위해 이렇게 엄청난 에너지가 사용된 것이다. 생명환경농업을 하게 되면 천연비료를 만들어 사용하기 때문에 이 에너지를 100% 절약할 수 있다.

다음 환경문제를 생각해보자. 우리가 사용하고 있는 농약, 비료,

제초제는 환경을 해치는 가장 심각한 요소다. 생명환경농업을 하게 되면 농약, 비료, 제초제로 인한 환경오염 문제가 100% 해결된다. 이렇게 설명을 했는데도 생명환경농업이 녹색성장의 핵심이 아니라고 말할 수 있겠는가?

2008년 가을, 생명환경농업벼 첫 수확을 했다. 그때 내가 얼마나 기뻤는지 모른다. 뛰는 가슴을 억누를 수 없을 정도였다.

"바로 이거야. 이게 내가 걸어가야 할 길이야. 군수가 아닌 다른 위치에서라도 우리나라를 위해서, 아니 인류를 위해서 내가 할 수 있는 일이 이거야."

나는 곧장 서울로 올라갔다. 먼저 조선일보, 중앙일보, 동아일보, 한국일보 등 주요 신문사의 편집국장을 찾아갔다.

"제가 성공시킨 생명환경농업과 대통령께서 선포하신 저탄소 녹색성장이 정확히 맞아 떨어집니다. 생명환경농업은 녹색성장의 핵심이며 우리 농업의 혁명입니다."

그리고는 생명환경농업에 관한 자료를 펼쳐 보이며 설명했다. 생명환경농업은 친환경농업의 문제점을 해결한 우리 농업의 혁명이라고 강조했다. 그러나 나의 말에 공감해 주는 편집국장은 아무도 없었다. 형식적인 인사로 나를 위로해 주었을 뿐이었다.

"예, 군수님, 알겠습니다. 멀리서 오신다고 수고 많았습니다. 앞으로 많은 관심 가지도록 하겠습니다."

모 방송국의 보도본부장과 저녁식사를 같이 하게 되었다. 그 본부장은 몇 년 전 창원에서 그 방송국의 총국장을 했기 때문에 서로 아는 사이였다. 식사를 하면서 생명환경농업에 대해서 자세하게 설명했다.

"본부장님, 꼭 기회를 만들어 고성으로 한번 오십시오. 현장에서 설명을 드리고 싶습니다. 생명환경농업은 우리 인류에게 황우석 박사의 배아줄기세포보다 더 중요하다고 생각합니다."

그러나 그 방송에서도 내가 원했던 내용은 보도되지 않았다. 생명환경농업은 녹색성장의 중심이며 우리 농업의 혁명이라고 확신했지만 언론사 어느 누구도 내 말을 믿어 주지 않았다.

생명환경농업은
정부 차원의 사업

08

생명환경농업에 대한 도전은 나로서도 무모한 도전이었지만 농민들로서도 위험한 시도였다. 1년 농사가 성공하느냐 실패하느냐가 달려 있었기 때문이다. 단지에 소속된 농민들은 1년 동안 농사를 함께 하는 하나의 공동체 식구였다. 회장이 선출되고 총무가 지명되었다.

16개 단지의 회장, 총무는 수시로 농업기술센터에 모여 앞으로 해야 할 일을 의논하고, 문제점을 토의하면서 생명환경농업을 성공시키기 위해 온 힘을 모았다. 나는 수시로 단지를 둘러보았다. 그러나 고성군 면적이 워낙 크고(서울 면적의 90%) 단지들이 여기 저기 흩어져 있었기 때문에 한번 둘러보는 데에 많은 시간이 소요되었다. 그러나 단지 회장을 비롯한 농민들에게 성공할 수 있다는 확신을 심어 주고 그분들을 격려하기 위해 자주 시간을 내려고 애썼다. 가장 규모가 큰 개천면 청광단지를 방문했을 때 C 단지 회장이 말했다.

"군수님, 아주 신기한 현상을 발견했습니다. 논에 들어갔다 나온 뒤 5시간 정도 지나니 제 발자국이 사라져 버렸습니다."

"관행농업 논에서는 발자국이 사라지지 않았나요?"

"그럼요. 사람이 걸어간 발자국은 논에 계속 남아 있습니다. 벼를 베고 나서까지 말입니다. 그런데 제가 논에서 나와 5시간 정도 지난 후에 보니 발자국이 사라져 버렸습니다."

왜 이런 현상이 발생했을까? 참으로 신기하지 않은가? 처음에 그 원인을 알지 못했지만 곧 알 수 있었다. 생명환경농업에서는 농민들이 직접 만든 지역미생물을 흙에 살포한다. 이 미생물은 급속도로 번식하게 된다. 농약, 제초제 등을 사용하지 않기 때문에 이 미생물을 먹이로 하는 지렁이를 비롯한 많은 소생물小生物들이 살게 된다. 이 미생물과 소생물들의 끊임없는 운동으로 인해 흙이 계속 움직이게 된다. 시간이 지나면서 발자국이 없어지게 되는 이유다.

생명환경농업을 처음 시작했을 때 일부 농협에서는 반대를 했다. 명분상 공개적으로 반대하지는 않았지만 은밀하게 반대했다. 그 이유는 그동안 많은 이익을 남겼던 농약, 비료, 제초제의 판매에 차질을 빚을 수 있다고 생각했기 때문이다.

"수십 년 동안 농약, 비료, 제초제를 사용하면서 농사를 잘 지어 왔는데 그걸 사용하지 않고 농사를 지을 수 있겠습니까? 군수님은 농사에 대해 잘 모릅니다. 이론만 가지고 저럽니다. 참 걱정입니다."

이처럼 많은 반대와 우려 속에서 추진된 생명환경농업이었지만 결국 대성공을 거두었다. 너무나 감격스럽고 기뻤다. 고성군 농민들과 사회단체 대표 등 많은 군민들이 참석한 가운데 생명환경농업 벼 수확행사를 가졌다. 나는 축사에서 생명환경농업 농민들을 이 시대의 영웅이라 불렀다.

"어느 누구도 시도하지 못한 생명환경농업을 시도하여 성공시킨 16개 단지 회장님과 회원 여러분들이 정말 존경스럽고 자랑스럽습니다. 여러분들은 이 시대의 영웅입니다."

이어서 나는 그동안 가슴에 묻어 두었던 많은 이야기들을 토해 내면서 그날 행사의 의미를 되새겼다.

"사람이 먹을 수 있는 천연비료를 직접 만들어 농사를 지을 수 있다고 했을 때, 그래서 비용을 절반으로 줄일 수 있다고 했을 때 아무도 믿으려 하지 않았습니다. 그러나 여러분들은 믿었습니다! 평당 70~80포기 심던 모내기를 45포기 심었을 때 마음이 얼마나 허전했겠습니까? 그러나 여러분께서는 그 허전함을 이겨 내셨습니다! 한 포기에 7~8줄기 하던 것을 2~3줄기로 했을 때 또 얼마나 허전했겠습니까? 여러분께서는 그 허전함 또한 참았습니다! 심경다비深耕多肥 즉 깊이 갈아 거름을 많이 주어야 한다는 것은 우리가 알고 있는 농사의 기본 상식이었습니다. 그런데 천경소비淺耕少肥 즉 얕게 갈아 거름을 적게 주어야 한다고 했을 때, 새빨간 거짓말처럼 들리지 않았습니까? 그런데 여러분께서는 그 거짓말 같은 말을 믿었습니다! 오늘 우리는 믿기 어려웠던 그 모든 일들이 100% 사실로 이루어진 것을 확인하면서 이 자리에 함께 하고 있습니다."

계속된 축사에서 나는 생명환경농업이 얼마나 중요한가를 다시 한 번 강조했다.

"생명환경농업의 성공은 대한민국 농업의 교과서를 새로 써야 하는 대사건입니다. 대한민국의 농업을 경쟁력 없는 농업에서 경쟁력 있는 농업으로 바꾸는 참으로 가슴 벅찬 일입니다. 우리 국토를 환경오염으로부터 해방시키는 가장 중요한 일입니다. 우리 국민의 건강을 지키는 대단히 중요한 일입니다. 말하자면 생명환경농업은 농업의 경쟁력, 환경, 국민 건강을 함께 살리는 1석 3조의 효과를 거두는 역사적인 프로젝트입니다. 바로 이곳 경남 고성에서, 바로 이 자리에 함께 하신 여러분께서 이 엄청난 일을 이루어 내셨습니다."

마지막으로, 생명환경농업은 고성만을 위한 것이 아니고 대한민국을 위한 것이며 따라서 정부 차원에서 추진되어야 한다는 사실을 강조했다.

"생명환경농업은 고성만의 문제가 아닙니다. 생명환경농업은 정부 차원에서 관심을 가져야 할 대단히 중요한 사업입니다. 생명환경농업은 우리 농업을 살릴 수 있는 유일한 길이기 때문입니다. 우리 농업에 경쟁력을 부여하는 단 하나의 길이기 때문입니다. 농산물 수입개방을 이겨 나갈 수 있는 길이기 때문입니다. 우리 농민들에게 희망의 불빛이기 때문입니다. 생명환경농업이 정착되면 더 이상 농민들이 정부를 향해 시위를 해야 할 필요가 없어지기 때문입니다."

"경남 고성에서 생명환경농업의 기반을 만들었습니다. 이제 생명환경농업을 정착시키는 것은 정부의 몫이어야 합니다. 생명환경농업을 정착시키기 위해 정부 차원에서 적극적인 대책을 세워야 할 것입니다. 생명환경농업이 뿌리를 내릴 수 있도록 정부에서 특단의 재정적인 지원을 해야 할 것이며 생명환경농업특별법도 제정해야 할 것입니다."

그 후 기회만 있으면 이 내용을 강조했다. 그러나 내가 아무리 외쳐 보아도 정부에서는 전혀 반응이 없었다.

환경법을 위반하고 있는
생명환경축산

09

어렸을 때의 기억이 난다. 집집마다 소, 돼지, 닭을 몇 마리씩 키웠다. 가축의 사료로는 농업 부산물, 음식 찌꺼기 등이 사용되었으며 따로 구매하지 않았다. 농촌에서 이런 가축들은 가계를 지탱하는 큰 힘이 되었으며 자녀들을 대학에 보내는 밑천이 되었다. 그 당시에는 이들 가축으로 인한 환경문제가 야기된 적은 한 번도 없었다.

오늘날의 축산은 그때와는 완전히 형태가 달라졌다. 집집마다 가축 몇 마리 키우던 소규모 형태는 사라지고 수 천, 수 만 마리를 키우는 대규모 기업 형태로 변했다. 규모가 커진 가축의 사료를 농업 부산물과 음식찌꺼기에 의존할 수는 없으며, 구매하여 사용하지 않으면 불가능하다.

그런데 깜짝 놀랄 사실이 있다. 그것은 우리나라 축산의 사료 자급율이 겨우 4% 밖에 되지 않는다는 사실이다. 96%의 사료를 외국에서 수입한다는 말이다. 몇 마리씩 키우는 소규모축산을 제외하고는 100% 수입 사료라고 해도 과언이 아닐 것이다. 우리나라 전체로 볼 때 사료비만 해도 연간 4조 원에 이른다. 수입 사료비 4조 원! 심각한 문제 아닌가?

4조 원에 이르는 사료 수입, 분명히 심각한 문제다. 그런데 이보다 더 심각한 문제가 있다고 하면 믿을 수 있겠는가? 규모화 되고 기업화 된 우리나라 축산에서 발생하는 더 심각한 문제는 바로 '환경문제'다. 수 천, 수 만 마리의 가축으로부터 나오는 배설물은 환경오염의 주된 원인이 되고 있다. 이를 방지하기 위한 환경법이 만들어졌다. '모든 축사의 바닥은 시멘트로 해야 된다'는 것이 이 법의 주요 내용이다. 시멘트로 하지 않으면 가축의 배설물이 땅속으로 스며들어 지하수를 오염시킨다는 이유 때문이다.

축사 바닥을 시멘트로 했기 때문에 가축의 배설물이 땅속으로 스며드는 것은 막을 수 있었다. 그러나 엄청나게 생겨나는 가축 배설물의 처리 문제가 커다란 골칫거리로 등장했다. 가축의 배설물, 즉 축분은 두 가지 방법으로 치리되고 있다. 하나는 해양투기, 즉 선박을 이용하여 먼 바다로 싣고 가서 버리는 것이다. 다른 하나는 축산폐수처리시설을 이용해서 처리하는 방법이다. 해양투기에 비해 축산폐수처리시설을 이용하면 처리에 더 많은 비용이 든다. 그러나 엄청나게 생겨나는 축분을 모두 바다에 버릴 수 없기 때문에 이 두 가지 방법을 같이 사용하고 있다.

그런데 문제가 생겼다. 2013년부터 축분 해양투기가 전면적으로 금지되기 때문이다. 다시 말해서, 2013년부터 축분의 처리는 축산 폐수처리시설에 의해서만 가능하도록 되어 있다. 정부에서도, 지방 자치단체에서도 축산폐수처리시설을 만들기 위해 모든 행정력을 쏟고 있는 이유가 여기에 있다.

그러나 우리 사회에 만연해 있는 님비현상 때문에 축산폐수처리 시설 부지를 확보하는 것이 하늘의 별따기가 되어 버렸다. 축산폐 수처리시설의 필요성은 모두 인정하면서도 자기 동네에 오는 것은 목숨 걸고 반대하기 때문이다. 축산폐수처리시설이 만들어진다 하 더라도 그 시설을 관리하는데 엄청난 비용이 소요된다. 규모화 되 고 기업화된 축산에서 발생하는 이런 모든 문제점들을 어떻게 해결 할 수 있을까?

아무리 생각해도 답이 나오지 않는다. 그런데 우리 고성에서 시 도하고 있는 생명환경농업에 그 답이 있다고 하면 믿을 수 있겠는 가? 조금도 의심하지 말고 믿어 주기 바란다. 생명환경농업을 활용 하면 우리나라 축산에서 야기되는 두 가지 큰 문제점, 즉 수입에 의 존하는 사료 문제와 축분 처리 문제를 모두 해결할 수 있다.

어떻게 그것이 가능할까? 생명환경농업에서 가장 중요한 단어 (key word)가 무엇인가? 지역미생물地域微生物이지 않은가? 바로 이 지역

미생물을 축산에 접목하는 것이다. 이를 나는 '생명환경축산'이라 부르겠다. 그런데 생명환경축산을 하려고 하니 또 문제가 생겼다. 우리나라의 환경법을 위반할 수밖에 없기 때문이다. 앞서 언급했듯이, 우리나라의 환경법에는 축사 바닥을 시멘트로 포장하도록 되어 있다. 그런데 생명환경축산에서는 흙속의 미생물을 활용해야 하기 때문에 축사 바닥을 시멘트로 할 수가 없다.

축사 바닥을 흙으로 하고 그 흙속에 미생물이 살 수 있는 환경을 만들어 준다. 소의 경우 약 30㎝, 닭의 경우 약 10㎝, 돼지의 경우 약 1m의 깊이로 바닥을 파서 황토, 톱밥, 지역미생물 등을 섞어 바닥을 만든다. 축사 바닥을 이렇게 만들어 놓으면 도저히 믿어지지 않는 기적 같은 일이 일어난다. 가축이 분뇨를 배설한 후 하루 정도 지나고 나면 그 분뇨가 자연 발효되어 버린다. 독한 냄새가 나지 않으며, 대신 연한 누룩 냄새가 날 뿐이다. 내가 하는 말을 믿을 수 있겠는가? 100% 진실이다.

고성군의 생명환경농업연구소는 고성읍 덕선리에 위치하고 있다. 그런데 덕선리 마을은 다른 마을과는 달리 소, 돼지, 닭을 키우는 사람이 아무도 없다. 생명환경농업연구소에서 가축을 키울 것이라고 하자 마을에서 강력히 반대했다. 가축으로 인한 냄새가 심할 것이라는 판단 때문이었다. 기존 축사 시설을 생각하면 당연히 있을 수 있는 반대다. 만일 냄새가 나면 축사를 철거하겠다는 약속을 하고서야 겨우 주민들의 동의를 얻을 수 있었다. 소, 돼지, 닭을 키우기 시작하자 주민들은 신경을 곤두세우고 냄새를 측정했다. 그런데 이게 웬일인가? 가축의 배설물이 미생물에 의해 분해되는 과정을 목격한 주민들은 믿을 수 없다는 반응을 보이면서 깜짝 놀랐다.

"정말 신기한 일이야. 냄새가 전혀 나지 않잖아? 어떻게 이럴 수 있어?"

이명박 대통령이 고성을 다녀간 뒤 1개월 후 한승수 국무총리가 고성을 찾았다. 내가 직접 생명환경농업과 생명환경축산에 대한 설명을 했다.

"총리님, 생명환경농업은 우리 농업의 혁명이며 우리 정부가 추진하고 있는 녹색성장의 핵심이라고 생각합니다. 우리 고성에서 시

한승수 총리의 생명환경축사 방문

도하고 있는 생명환경농업이 전국으로 확산될 수 있도록 정부에서 주도적으로 추진해 주시기를 부탁합니다."

생명환경농업에 대해서 개략적인 설명을 한 후 나는 국무총리를 생명환경축사로 안내했다. 시멘트를 하지 않은 축사 바닥을 가리키면서 말했다.

"총리님, 우리나라 환경법은 축사 바닥을 시멘트로 포장하도록 되어 있습니다. 그러나 저희들은 시멘트로 포장하지 않았습니다. 저희들은 우리나라 환경법을 위반하고 있습니다. 대신 바닥에 미생물이 살 수 있는 환경을 만들었습니다."

가축이 분뇨를 배설한 후 하루가 지나면 분뇨가 모두 자연 발효되어 버린다는 사실, 독한 냄새가 전혀 나지 않고 연한 누룩 냄새만 난다는 사실도 설명했다.

구제역 예방이 가능한
생명환경축산

10

생명환경농업生命環境農業을 처음 성공시켰을 때 너무 기뻤다. 그 기쁨을 어떻게 글로 다 표현할 수 있겠는가? 그런데 생명환경축산生命環境畜産을 성공시켰을 때의 감동은 그런 차원을 넘어 마치 미지未知의 세계에 들어서는 것 같은 느낌이었다.

생명환경농업연구소 내에는 소, 돼지, 닭을 키우는 생명환경축사가 있다. 그런데 생명환경농업연구소를 다른 지역으로 이전하게 되었다. 이 소식을 전해들은 주민들은 생명환경농업연구소를 다른 지역으로 이전하지 말라고 항의를 했다. 소, 돼지, 닭을 키우는 축사를 자신들의 동네에서 다른 곳으로 옮겨간다는데 항의를 하고 있는 것이다. 더구나 생명환경축사를 짓겠다고 했을 때 강력하게 반대했던 분들이 말이다. 이 일을 어떻게 이해할 수 있겠는가? 그런데 이해할 수 없는 이런 일이 일어난 것이다.

축사를 지은 후 2년이 넘도록 한 번도 축분을 처리하지 않았다. 아니 처리할 필요가 없었다. 모두 발효되어 버렸기 때문이다. 내가 하는 이 말을 믿을 수 있겠는가? 소, 돼지, 닭 등 가축을 키워 본 경험이 있는 분은 절대 믿으려 하지 않을 것이다. 그런데 엄연한 사실이다. 가끔씩 축사 바닥을 뒤집어 주기만 했다. 발효가 효과적으로 이루어질 수 있도록 말이다. 축분이 미생물에 의해 발효되면서 연한 누룩 냄새만을 풍겼다. 그 누룩냄새는 독한 축분 냄새와는 달리 어렸을 때의 고향 향수를 불러 일으켰다. 어렸을 때 고향집에서 맡았던 그 누룩냄새 말이다.

후배 C 사장은 돼지를 3,000마리 정도 사육하고 있다. C 사장은 나의 권유로 기존 축사 옆에 생명환경축사를 지었다. 우선 돼지 100마리 정도를 수용할 수 있는 작은 면적이었다.

내가 C 사장의 축사를 방문했을 때의 일이다. C 사장은 내 손을 끌면서 생명환경축사로 안내했다. 매우 들떠 있는 모습이었다.

"군수님, 올해 군수님 덕택에 5,000만 원 정도 이익을 봤습니다."

"아니 그게 무슨 말인가? 나 때문에 5,000만 원 정도 이익을 보다니?"

"예년 같으면 죽었어야 할 새끼돼지들이 생명환경축사 덕택에 대부분 살았습니다."

"생명환경축사 덕택에 살았다니 그게 무슨 말인가?"

C 사장은 흥분된 마음을 가라앉히려고 애쓰면서 그동안 일어났던 일을 털어 놓았다.

"군수님, 새끼돼지들은 병에 걸리는 경우가 종종 있습니다. 그럴 경우 대부분 죽게 됩니다. 그런데 기적 같은 일이 일어났습니다. 병에 걸린 새끼돼지들을 버리려다 행여나 해서 생명환경축사로 옮겨 놓았습니다. 그런데 며칠 지나니 이놈들이 병이 나아 튼튼해졌습니다. 그 다음부터 병든 새끼돼지들은 모두 이곳으로 옮겨 놓았습니다. 신기하게도 대부분 병이 나았습니다. 그래서 저는 이곳을 병동이라 부릅니다."

생명환경 축사

죽었어야 할 새끼돼지들이 살아났으니 이건 기적이 분명하다. 왜 이런 기적이 일어났을까? 일반축사와 생명환경축사를 비교해 보면 그 이유를 알 수 있다. 일반축사는 바닥이 시멘트로 포장되어 있다. 환경법을 지켜야 하기 때문이다. 그래서 축분이 항상 시멘트 바닥을 적시고 있다. 상상을 해 보라. 얼마나 더럽고, 또 얼마나 차갑겠는가? 그 광경을 목격하면 동물 학대라는 생각마저 들 것이다.

생명환경축사는 일반축사와는 달리 젖어 있지 않고, 더럽지도 않고, 차갑지도 않다. 그 이유는 축사 바닥이 황토, 톱밥, 미생물 등으로 만들어져 있어 축분이 미생물에 의해 발효되어 버리기 때문이다. 발효되는 과정에서 열이 발생하게 되고 따라서 바닥이 차지 않고 온기가 서려 있다.

2010년 말 약 4개월에 걸쳐 구제역이 대한민국 전역을 휩쓸었다. 공무원을 비롯한 많은 사람들이 구제역으로부터 가축을 보호하기 위해 밤낮을 가리지 않고 혼신의 노력을 다했다. 공무원이 7명이나 사망하고 140여 명이 부상을 당했다. 347만 마리의 가축이 매몰되었으며 피해금액은 무려 3조 원에 이르렀다.

왜 이런 재앙이 발생했을까? 어렸을 때 보았던 옛날 가축 사육을 생각해 본다. 겨울이 되면 축사 바닥에 볏짚을 두껍게 깔아주고 소의 등을 거적으로 덮어 주었다. 추위로부터 소를 보호하기 위해서였다. 돼지의 경우에도 볏짚과 톱밥을 바닥에 깔아 주고 축사를 거적으로 덮어 온기를 유지시켜 주었다. 그래서인지 당시에는 구제역이라는 단어 자체가 없었다.

그러나 지금은 어떠한가? 시멘트로 된 축사 바닥은 여름에도 온도가 10° 이상으로 잘 올라가지 않는다. 겨울에는 마치 얼음바닥처럼 차갑다. 시멘트 바닥이 축분에 젖어 있어 더욱 차갑다. 구제역에 걸릴 수 있는 아주 적합한 환경이다.

여기에 비해 생명환경축사는 어떠한가? 이미 말했듯이 황토, 톱밥, 미생물로 되어 있는 생명환경축사 바닥은 전혀 젖어 있지 않다. 축분이 미생물에 의해 발효되어 버리기 때문이다. 발효되는 과정에서 열이 발생하기 때문에 겨울에도 축사 바닥의 온도가 20℃ 이상으로 유지된다. 이런 축사 환경인데 구제역이 감히 침범할 수 있겠는가?

우리나라 축산은 거의 수입 사료에 의존하고 있다. 가축들이 방부제가 많이 함유된 수입 사료를 지속적으로 섭취하게 되면 면역력이 감소할 수밖에 없지 않겠는가?

생명환경축산에서는 사료 자급율을 현저히 높인다. 생명환경농업 볏짚 등 생명환경농업 부산물을 사료로 사용하기 때문이다. 농약, 비료, 제초제에 전혀 오염되어 있지 않고 한약재가 포함된 농업 부산물은 가축의 건강에도 아주 좋다. 뿐만 아니라 사료에 지역미생물을 넣어 준다. 가축이 미생물을 섭취하게 되고 따라서 질병에 대한 저항력이 크게 높아지게 된다.

이처럼 생명환경축산을 하게 되면 그 지긋지긋한 구제역으로부터 해방될 수 있다고 주장해 왔고, 지금도 그 주장에는 전혀 변함이 없다. 확신을 가지고 말이다. 그러나 정부도, 전문가도, 축산농가도 내 말을 도대체 들으려 하지 않는다.

정부도, 전문가도, 축산농가도 왜 생명환경축산을 하려고 하지 않을까? 그 이유는 생각을 바꾸지 않기 때문이다. 말하자면 고정관념으로부터 빠져 나오지 못하기 때문이다. 축사바닥은 시멘트로 해야 된다는 생각, 사료는 수입해서 사용해야 된다는 생각, 구제역은 지금 시행하고 있는 방역 방법 이외에는 다른 방법이 없다고 하는 생각, 그런 생각들에서 빠져 나오지 못하고 있는 것이다.

우리 조상들이 사용했던 전통적인 가축 사육 방법을 더 과학적이고 체계적으로 만든 것이 고성의 생명환경축산이다. 말하자면 고성에서 하는 생명환경축산은 옛날 소규모 축산을 했을 때의 방법과 지혜를 과학화시키고 체계화시킨 세계 유일의 선진기법이라고 확신한다.

그런데 안타깝게도 아무도 내 말을 들으려고 하지 않는다. 나 혼자 이렇게 생명환경축산을 계속 외치고 있다.

생명환경축산
전문가가 되고 싶다

II

생명환경축산을 하게 되면 구제역으로부터 해방될 수 있다는 사실을 강조해서 말했다. 얼마나 엄청난 일이며 놀라운 일인가? 이 사실 하나만으로도 생명환경축산은 우리 축산의 희망이요 불빛이라고 해야 할 것이다.

생명환경축산을 하게 되면 축산폐수로 인한 환경 문제를 해결할 수 있다는 것도 말했다. 이 또한 얼마나 기쁘고 반가운 소식인가?

구제역으로부터의 해방과 축산폐수 처리 문제의 해결은 축산인뿐만 아니라 대한민국 국민 모두에게 새로운 희망의 메시지임이 분명하다.

생명환경축산을 이야기하면서 반드시 기억해야 할 또 하나 중요한 사실은 수입 사료 문제다. 수입 사료가 왜 문제가 될까? 사료 수입을 위해서는 엄청난 외화를 지불해야 한다. 사료 수입을 위해 지불되는 돈이 연간 4조 원을 능가한다고 하면 믿을 수 있겠는가? 이 돈을 아낄 수는 없을까? 국내에서 우량의 사료를 생산할 수 있는 기반을 마련할 수는 없을까? 그것이 가능하다면 외화를 크게 절약할 수 있지 않겠는가? 그리고 이를 활용하여 일자리 창출에도 기여할 수 있을 것이다.

수입 사료의 두 번째 문제점은 그 속에 방부제와 항생제가 많이 첨가되어 있다는 사실이다. 방부제와 항생제를 먹고 자란 가축은 결코 좋은 먹거리를 제공해 줄 수 없다. 왜 우리 국민들은 방부제와 항생제가 첨가된 고기만 먹어야 하는가? 우리 국민들도 질 좋은 고기를 먹을 권리를 가져야 되지 않겠는가? 방부제와 항생제가 없는 사료를 먹고 자란 건강한 가축, 그 가축으로부터 만들어진 건강한 고기! 생각만 해도 가슴 설레이는 일 아닌가? 왜 우리는 그러한 기쁨을 포기해야 하는가?

우리 고성의 생명환경축산에서는 생명환경농업에서 생산된 볏짚을 비롯한 생명환경농업 부산물을 가축의 사료로 사용한다. 농민이 직접 만든 지역미생물을 사료에 섞어 사료의 질을 최고로 높인다. 그 결과 사료 자급율을 소의 경우 40%, 돼지, 닭의 경우 25%까지 끌어 올릴 수 있었다. 우리나라 전체로 보면 약 1조 5천억 원의 예산절감 효과를 가져올 수 있다는 계산이 나왔다. 예산도 절감하고 건강한 고기를 먹을 수 있는 권리와 기쁨도 찾고! 얼마나 가슴 뿌듯한 일인가?

구제역으로부터 해방될 수 있고, 축산폐수 처리 문제가 해결될 수 있으며, 국민에게 건강한 고기를 제공해 줄 수 있고, 외화도 절약할 수 있으며, 일자리 창출 효과까지 있는 이 기막힌 생명환경축산이 전국적으로 확산되지 않는 이유를 이해할 수 있겠는가?

나는 이해할 수 있다. 생명환경농업을 시도하면서 고정관념이 얼마나 무서운지를 뼈저리게 경험했기 때문이다. 농사를 지으려면 비료, 농약, 제초제를 반드시 사용해야 된다고 굳게 믿고 있는 그 고정관념은 정말 무서웠다. 우리가 직접 천연농약과 천연비료를 만들 수 있다고 아무리 설명해도 믿으려 하지 않았다. 고정관념을 부순다는 것은 전쟁으로 적의 영토를 점령하는 것만큼이나 힘들다는 생각이 들었다. 생명환경축산이 널리 확산되지 않는 이유도 바로 이 고정관념 때문이다.

'사료는 수입 사료를 사용하는 방법밖에 없다! 구제역은 어쩔 수 없는 재앙이다! 축사 바닥은 시멘트로 하여 축분이 흙속으로 스며드는 것을 막아야 한다!'

이런 고정관념이 축산인을 비롯한 우리 국민 모두의 머릿속에 깊이 뿌리를 내리고 있다. 만일 어떤 사람이 이런 말을 했다고 가정하자.

"수입 사료에 의존하지 않고도 대규모 축산이 가능하다."

"축사 바닥을 시멘트로 하지 않아도 축분이 흙속으로 스며들지 않는다."

"우리 축산이 구제역으로부터 해방될 수 있다."

그 말을 믿을 수 있겠는가? 대부분의 사람들은 믿지 않을 것이다. 그런 말을 하는 사람을 정신 나간 사람이라고 생각할지도 모른다. 고정관념이 뿌리깊이 박혀 있기 때문이다.

생명환경축산을 하기 위해서는 초기비용이 투자되어야 한다. 이미 설치되어 있는 시멘트 바닥을 걷어내어야 하고 작게는 10㎝, 많게는 1m 깊이로 흙을 파야 한다. 그리고 황토, 톱밥, 미생물을 넣어 미생물이 살아갈 수 있는 환경을 만들어 주어야 한다. 축사 건물 자체도 햇빛이 잘 들고 공기가 잘 통하도록 리모델링해 주어야 한다. 이런 초기비용을 부담하겠다고 선뜻 나서는 축산인이 많지 않다.

생명환경축산에 관한 또 하나의 고정관념이 있다. 그것은 생명환경축산은 일반축산에 비해 경제성 측면에서 훨씬 뒤진다고 생각하는 것이다. 생명환경축산과 일반축산은 축사의 구조가 근본적으로 다르기 때문에 일반축산에서 생명환경축산으로 전환하기 위해서는 앞서 언급한 바와 같이 초기비용이 별도로 필요한 것은 어쩔 수 없는 일이다. 그러나 일단 초기비용이 투자되고 난 다음부터는 일반축산에 비해 생명환경축산의 경제성이 크게 뒤지지 않는다는 것이 나의 생각이다. 그렇지만 사람들은 내 말을 도무지 믿으려 하지 않는다.

경제성 비교를 위해 돼지의 경우를 예로 들어 보자. 처음 새끼돼지를 축사에 넣을 때 일반축산은 평당 보통 3마리를 넣는다. 그러나 생명환경축산에서는 평당 1.5마리를 넣는다. 이 부분에서 사람들은 바로 말할 것이다.

"그 봐, 마릿수에서 두 배가 차이 나잖아? 새끼돼지를 많이 넣어야 어미돼지가 많아지지."

단순히 마릿수만 비교하면 그 말이 맞다. 그러나 일반축산에서는 비싼 수입 사료를 100% 구매해서 사용해야 한다. 돼지 마릿수가 많으니 많이 먹는다. 엄청난 돈이다. 계속 약을 먹여야 하고 항생제 주사도 맞혀야 한다. 그것도 돈이다. 구제역에 걸리면 일시에 모든 가축을 잃게 된다. 얼마나 불안한 일인가?

생명환경축산의 경우, 마릿수가 적고 사료 자급율도 높아 사료비를 크게 줄일 수 있다. 약이나 항생제 값에서도 크게 절약된다. 구제역 걱정은 아예 할 필요가 없다. 일시에 모든 가축을 잃을 염려가 전혀 없다는 말이다.

새끼돼지가 어미돼지로 성장하여 출하될 때의 회수율을 비교해 보면 일반축산보다 생명환경축산이 훨씬 우수하다. 일반축산의 경우 병으로 인해 죽는 등 회수율이 70% 밖에 안 되는 경우도 있다. 백신 투여로 인해 회수율이 크게 증가했지만 그래도 병으로 많이 죽는다. 죽기 전에 수입 사료를 많이 먹지 않았는가? 그러나 생명환경축산의 경우 회수율이 거의 100%에 이른다.

지금까지 살펴보았듯이, 생명환경축산은 일반축산에 비해 경제성 측면에서 크게 뒤지지 않는다. 생명환경축산 가축은 잘 브랜드화 시키기만 하면 비싼 가격에 팔 수 있다. 경제성 측면에서 일반축산보다 더 좋을 수도 있다.

　나는 언제인가 반드시 내 스스로 생명환경축산을 해 보고 싶다. 그 '언제'가 빨리 찾아올지 늦게 찾아올지 나도 잘 모르겠다. 공직에서 물러나게 되면 나는 이 기막힌 생명환경축산에 혼신의 힘을 다해보고 싶다. 그래서 이 분야에서 대한민국 제1의, 아니 세계 제1의 전문가가 되고 싶다.

글로벌 명품 보육,
교육도시의 꿈

대한민국 제1의 글로벌
명품 보육도시, 교육도시 선언

01

고성의 인구는 1964년 이후 해마다 감소했다. 젊은이들은 일자리를 찾아 하나 둘씩 고성을 떠나갔다. 어린 아이 울음소리를 좀처럼 들을 수 없는 지역이 되어 버렸다. 아무리 생각해 봐도 인구가 증가할 수 있는 요인은 전혀 찾아볼 수 없었다.

내가 군수로 취임했을 때 고성 인구는 6만 명에 턱걸이 하고 있었다. 연간 사망자 숫자가 대략 1,500여 명이었는데 그 숫자는 바로 인구 감소 숫자가 되었다. 군수로 취임한 4년 후 고성 인구는 5만 4,000명을 위협하고 있었다. 인구 5만 명 붕괴도 시간문제라는 생각이 들었다.

그런데 이런 절박한 순간에 고성에 기적 같은 일이 일어났다. 앞에서 언급했듯이, 2007년 동해면 일대가 우리나라 유일의 조선산업특구로 지정을 받은 것이다. 울산시도 아니고 거제시도 아닌 우리 고성군이 말이다. 그때부터 조선관련 업체들이 고성을 찾아오기 시작했다. 아니 물밀듯이 밀려오기 시작했다고 해야 옳은 표현일 것 같다.

동해면을 위시하여 고성군 전체가 조선소 및 관련 기업을 건설하는 공사 때문에 떠들썩했다. 회사 작업복을 입은 근로자들이 고성읍 시내를 걷는 모습도 보이기 시작했다. 우리 고성군민들로서는 지금까지 겪어보지 못했던 새로운 경험이었다. 시내 술집에서 술을 마시다가 작업복을 입은 사람들이 들어오면 자리를 양보한다는 말까지 들렸다. 이것이 바로 고성군민들의 심정이었다.

그런데 고성에 더 큰 기적이 일어났다. 도저히 믿기지 않는 기적이었다. 42년 동안 한 해도 거르지 않고 감소해 오던 인구가 증가한 것이다. 인구가 증가했다는 소식은 고성군민들에게 조선산업특구 지정을 받았다는 소식보다 훨씬 더 놀랍고 기쁜 소식이었다.

2007년 고성군 인구는 지난해에 비해 84명 증가했다. 사망자 숫자 1,500명을 감안하면 1,600여 명이 증가한 셈이다. 그 이후 5년 연속 증가하고 있다.

고성읍을 비롯한 고성군 여기저기에 원룸과 소형아파트가 들어서기 시작했다. 수십 년 동안 조용하기만 했던 고성군이 떠들썩하고 왁자지껄해졌다. 농촌 지역에서는 상상조차 할 수 없는 평당

610만 원의 고급 아파트도 세워졌다. 변화와 개혁의 소용돌이 속에 있는 고성의 분위기를 확연히 느낄 수 있었다.

그런데 우리가 모르는 사이에 큰 문제가 도사리고 있었다. 인구가 42년 만에 증가하기 시작하여 5년 동안 계속 증가하고 있다고 좋아하고 있었는데 그게 아니었다. 실제 고성으로 이사 와서 살고 있는 사람은 우리가 파악하고 있는 숫자보다 훨씬 더 많았다. 가족을 다른 도시에 남겨두고, 주소도 옮겨오지 않고, 혼자 고성에 살고 있는 사람들이 많이 있었기 때문이다. 우리는 이 분들을 전혀 생각하지 않고 있었다. 고성에 살면서 고성군민이 아닌 이 분들을 고성군민으로 만드는 것이 중요했다.

가족이 함께 고성으로 오지 않고 왜 혼자 와 있느냐고 물어 보았다.

"애들 교육 때문이죠. 고성은 도시만큼 교육 여건이 좋지 않잖아요? 애들 교육을 위해서라면 제가 혼자 고생을 좀 해야죠."

고성은 농촌지역이기 때문에 도시지역에 비해 교육여건이 좋지 않아 부인과 자녀를 도시에 남겨 두고 혼자 고성에 와 있다는 것이었다.

'이 문제를 어떻게 해결해야 하나? 이 분들의 가족을 어떻게 하면 고성으로 이사 오게 하나?'

이 질문에 대한 답을 얻기 위해 한참을 고심했다. 고심하고 또 고심한 끝에 드디어 답을 얻을 수 있었다.

'이 분들을 고성군민으로 만들기 위해서는 고성군의 교육여건을 좋게 만들어야 해. 정답은 그것뿐이야.'

'그런데 어떻게 하면 고성의 교육여건을 도시보다 더 좋게 만들 수 있을까?'

그 해답을 구해야만 했다.

우리나라 지방자치단체 중에서 교육에 관심을 가지지 않는 곳은 한 군데도 없다. 모든 시·군이 교육도시가 되겠다고 목소리를 높인다. 그 경쟁 속에 뛰어들어 어떻게 고성의 교육여건을 도시보다 더 좋게 만들 수 있을까? 고성군수 3선에 출마하면서 선언했다.

"고성을 대한민국 제1의 글로벌 명품 보육도시, 교육도시로 만들겠습니다."

보육은 유치원에 입학하기 전까지의 어린이 교육을 말한다. 고성의 인구를 증가시키는데 있어서 보육도 교육 못지않게 중요하다. 그래서 보육과 교육을 동시에 언급했다. 어떤 사람이 나에게 물었다.

"대한민국 제1의 명품 보육도시, 교육도시라! 1년에 서울대학교 몇 명쯤 진학시킬 계획을 하십니까?"

이 질문이 옳은 질문이라고 생각하는가? 나는 결단코 그렇게 생각하지 않는다. 서울대학교에 많이 진학시키는 것이 어떻게 명품 교육도시의 척도가 되어야 하는가? 내가 생각하는 명품 보육도시, 교육도시의 방향은 그런 차원의 보육과 교육이 아니다. 나는 서울대학교를 비롯한 소위 명문대학에 많이 진학시키기 위해 모든 학생들에게 똑같은 내용을 외우게 하는 암기식, 주입식 교육을 원하지 않는다. 그런 교육을 명품 보육, 명품 교육이라 부르고 싶지도 않다.

내가 생각하는 명품 보육도시, 교육도시의 방향은 학생 모두가 행복한 교육이다. 명문대학에 진학시키기 위해 아무 생각 없이 달달 외우게 하는 암기식 교육은 학생들을 행복하게 해 줄 수 없다고 생각한다. 물론 그런 공부가 적성에 맞는 일부 학생은 행복을 느낄 수 있을 것이다. 그러나 대부분의 학생들은 그런 공부에 행복을 느끼지 못할 것이다. 그렇다면 학생 모두가 행복한 보육, 교육은 어떤 것일까?

사람은 저마다 각각 다른 소질을 가지고 태어났다. 공부에 소질 있는 학생, 축구에 소질 있는 학생, 문학에 소질 있는 학생, 야구 해설에 소질 있는 학생, 기계 잘 다루는 소질을 가진 학생 등 너무나 다양하다. 이렇게 서로 다른 소질을 가지고 있는데 우리의 교육은 그것을 전혀 인정하려 하지 않는다. 서로 다른 소질을 무시하고 일률적으로 똑같은 내용을 아무 생각 없이 외우게 한다. 이러한 현실 앞에 학생들이 어떻게 행복을 느낄 수 있겠는가? 또한 어떻게 자기 소질을 발견하고 창의력을 발휘하고 능력을 꽃피울 수 있겠는가? 나아가 어떻게 장차 훌륭한 사회인으로 성장할 수 있겠는가?

김연아는 세계적인 피겨 스케이팅 선수다. 만일 김연아의 부모가 김연아에게 수능공부 열심히 해서 명문대학에 진학하라고 다그쳤다면 어떻게 되었을까? 김연아가 대학에 진학하여 행복했을까? 김연아가 자기 능력을 발휘할 수 있었을까? 김연아의 부모는 훌륭한 부모였다. 김연아의 소질을 발견하려고 노력했고 피겨 스케이팅에 소질이 있음을 알게 되었다. 열심히 외워서 좋은 대학 가라고 다그치지 않은 대신 피겨 스케이팅 연습을 열심히 할 수 있도록 했다. 그 결과 오늘 세계적인 피겨 스케이팅 선수 김연아가 될 수 있었던 것이다.

　김연아의 부모가 김연아의 소질을 발견하고, 개발하고, 발전시켰듯이 학생 개개인의 소질과 자질을 발견하고 그를 개발, 발전시켜 주는 개인별 맞춤형 보육, 교육을 만들고 싶은 것이 나의 꿈이다. 내가 꿈꾸는 대한민국 제1의 글로벌 명품 보육도시, 교육도시가 바로 그런 도시다.

미국 유학의
길을 만들다

02

고성군수 3선의 선거 과정에서 있었던 일이다. 선거 연설원으로 나를 도왔던 P 선배가 연설을 하면서 명품 보육도시, 교육도시를 강조했다.

"존경하는 고성군민 여러분, 이학렬을 다시 한 번 고성군수로 선출해 주시기 바랍니다. 이학렬은 여러분께 약속한 대로 고성을 반드시 서부경남 제1의 보육도시, 교육도시로 만들 것입니다."

연설이 끝난 뒤 나는 선배에게 책망하듯이 말했다.

"선배님, 제가 언제 고성을 서부경남 제1의 보육도시, 교육도시를 만들겠다고 약속했습니까? 서부경남이 아니라 대한민국입니다. 대한민국 제1의 보육도시, 교육도시란 말입니다."

"서부경남 제1의 보육도시, 교육도시도 대단한 거야. 대한민국 제1의 보육도시, 교육도시를 만들겠다고 하면 군민들이 안 믿을 텐데."

"아닙니다 선배님, 대한민국 제1의 보육도시, 교육도시입니다. 서부경남이라는 말씀, 다시는 하지 마십시오."

3선군수로 취임한 후 나는 고성을 대한민국 제1의 글로벌 명품 보육도시, 교육도시로 만들기 위해 무엇을 어떻게 해야 할 것인지 고심에 고심을 거듭했다.

먼저 보육시설이 대한민국 제1이어야 한다고 생각했다. 경남에서 추진하는 '모자이크 프로젝트 사업'이 있었다. 각 시·군에서 특수한 사업을 결정하면 그 사업에 대해 경남도에서 200억 원을 투입하고 해당 시·군에서 일정 예산을 투입하는 사업이다.

고성에서는 이 사업으로 '어린이 공룡타운'을 하기로 결정했다. '어린이 공룡타운'은 어린이들이 자연 속에서 마음껏 뛰놀고 공룡과 대화하면서 꿈과 상상의 나래를 펼 수 있는 공간이 될 것이다. 어린이 공룡타운이 만들어지게 될 장소는 고성의 자랑인 남산공원이다. 어린이 공룡타운이 완성되면 고성은 대한민국 최고의 어린이 교육 장소로 각광받게 될 것이다. 고성 어린이뿐만 아니라 전국의 어린이들이 자연교육과 체험교육을 하기 위해 이곳을 찾게 될 것이다.

전국경제인연합회에서 지원하는 어린이집 신축사업에 응모하여 예산 14억 원을 확보하게 되었다. '보듬이 나눔이 어린이집'이라는 이름을 가진 이 어린이집은 생명환경농업연구소 내에 짓고 있다.
어린이들이 생명환경농업을 체험하고 배우면서 자라게 될 것이다.
이 어린이집이 만들어진다는 소식이 전해지자 고성군내 어린이집
원장들이 항의를 해 왔다. 공립 어린이집이 만들어지게 되면 사립
어린이집 경영이 어려움을 겪게 될 것이라면서 말이다. 힘들게 얻
어낸 이 좋은 사업을 반대한다는 소리를 듣고 나는 어이가 없었다.
나는 그분들에게 이렇게 호소했다.

어린이 집을 방문하다

"우리 고성을 대한민국 제1의 보육도시로 만들겠다는 것이 제 꿈이며 군민에 대한 약속입니다. 지금 우리는 그 꿈과 약속을 이루어 나가는 과정에 있습니다. 좀 더 먼 안목으로 보아 주시기 바랍니다. 지금 이대로는 고성 보육을 명문보육으로 만들 수 없습니다. 여러분이 경영하는 어린이집도 명문보육 장소가 될 수 없다는 말이기도 합니다. 지금 우리가 하고자 하는 사업들이 성공한다면 우리 고성은 우리나라 제1의 보육도시가 될 것입니다. 그리고 여러분이 경영하는 어린이집은 우리나라 제1의 어린이집이 될 것입니다."

여러 차례의 설득과 대화 끝에 공립 어린이집은 무난히 추진할 수 있게 되었다.

2010년 10월, 나는 고성군 교육발전위원회 K 이사장을 비롯한 10여 명의 관계자들과 함께 9박 11일의 일정으로 미국 몇몇 도시를 방문했다. 내가 방문한 도시는 캘리포니아주의 LA, 샌프란시스코, 텍사스 주의 오스틴, 휴스턴, 댈러스 등 우리 지역 고등학교 졸업생들이 유학을 가고자 하는 지역이었다. 그 지역에 있는 칼리지(College)를 방문하여 우리 학생들의 유학 문제를 상담하기 위해서였다.

먼저 미국에서 칼리지(College)와 유니버시티(University)의 차이에 대해서 간단히 설명을 드리겠다. 칼리지는 2년제 대학이고 유니버시티는 4년제 대학이다. 미국의 칼리지는 우리나라의 2년제 대학인 전문대학과는 그 성격이 전혀 다르다. 우리나라의 전문대학은 2년간 실습을 위주로 한 전문분야 교육을 시켜 졸업시킨다. 그러나 미국의 칼리지는 설립목적 자체가 우리나라의 전문대학과는 전혀 다르다. 미국의 칼리지는 유니버시티에 바로 입학할 수 있는 경제적 능력이 부족한 학생이나 입학 준비(마음이나 학업 면에서)가 되어 있지 않은 학생들을 위해서 시(市)에서 건립하여 운영하는 학교다. 칼리지는 사립(私立)이 아니라 시립(市立)이라는 말이다.

일단 칼리지에 입학하여 2년 동안 학점을 이수하면서 대학으로 진학할 것인가, 아니면 바로 직장을 가질 것인가를 결정하게 된다. 바로 직장을 가지는 것으로 결정하면 실습 위주의 교육으로 방향을 잡게 되고, 대학 진학을 희망하게 되면 원하는 전공 방면으로 학점 이수를 많이 하게 된다. 2년 동안 60학점을 취득하면 희망하는 유니버시티로 전학(轉學 : transfer)할 수 있다. 주로 같은 주(State) 내의 유니버시티로 전학하는 경우가 많다. 우리나라의 경우에는 편입학(偏入學)이라는 용어를 사용하지만 미국의 경우에는 전학(轉學)이라고 해야 옳은 표현일 것이다. 대학 입학제도 역시 한국과 미국은 전혀 다르다.

미국에서 유니버시티(4년제 대학)에 입학하는 방법은 1학년으로 바로 입학하는 방법과 앞서 설명한 대로 칼리지에 들어가서 2년을 공부한 후 유니버시티 3학년으로 전학하는 방법 등 두 가지가 있다. 내가 미국에서 공부할 때만 해도 비로 유니버시티에 들어가는 것이 일반적이었다. 그러나 지금은 칼리지에서 2년 공부 후 유니버시티로 전학하는 것이 더 일반적인 현상이 되어 버렸다. 그 이유는 경제적으로 훨씬 절약이 되고 전공 선택에 대한 여유를 가질 수 있기 때문이다.

칼리지의 총장들은 멀리 한국에서 온 우리를 따뜻하게 맞아 주었으며 교과과정, 학비와 생활비, 입학 허가 조건, 졸업 후 진로 등을 자세하게 설명해 주었다. 미국 휴스턴에 있는 HCC(Houston Community College)의 경우 내가 졸업한 UT Austin을 비롯한 텍사스 지역의 유니버시티로 진학을 하고, DVC(Diablo Valley College)의 경우 주로 UC Berkeley로 진학을 하게 된다는 사실도 알았다. 유니버시티에서도 바로 1학년으로 입학하는 학생보다 칼리지에서 2년을 공부한 후 전학해 오는 학생을 더욱 선호한다고 했다.

미국 달라스 한인회 대표들과 함께

미국 출장을 마치고 돌아오면서 나는 우리 지역 고등학교 졸업
생들의 미국 대학 유학에 관한 자신감을 가지게 되었다. 귀국 후 내
가 가진 기자회견 내용의 일부를 소개한다.

"저는 이번 미국 출장을 통해서 우리 고성을 대한민국 제1의 글
로벌 명품 교육도시로 만들 수 있는 길을 마련했습니다. 우리 지역
고등학교 졸업생들은 미국의 칼리지로 입학하여 2년 동안 60학점
을 받은 후 본인의 재능과 적성에 맞는 학과를 선택하여 미국의 명
문대학으로 갈 수 있게 되었습니다."

그런데 이게 어찌된 일인가? 나의 기자회견을 듣고 학부모, 학생,
교사들이 아주 좋아할 것이라고 생각했는데 전혀 그렇지 않았다.
시큰둥한 반응이었다. 학부모와 학생들은 고등학교 졸업 후 바로
미국대학에 진학하는 것을 두려워했다. 교사들은 생전 처음 접해보
는 이 제도 자체를 부정하려고 했다.

3명의 위대한
해외유학 선발대

03

우리나라 고등학생들을 쳐다보면 불쌍하다는 생각이 든다. 나도 고등학교 때는 똑같은 과정을 겪었지만 그래도 고등학생들을 쳐다보면 불쌍하다는 생각이 가슴 깊이 사무쳐 온다. 젊은 나이에 스포츠도 즐기고, 음악에도 빠져보고, 예술에 흠뻑 젖어 보기도 하고, 친구들과 함께 무지갯빛 꿈을 이야기해 보기도 하고⋯ 그런 고등학교 시절이어야 하는데 전혀 그렇지 못하기 때문이다. 무거운 가방에 양쪽 어깨가 축 늘어져 있는 우리 고등학생들이지 않은가?

지금 우리나라 고등학생들은 다른 생각을 할 겨를이 없다. 아니 생각할 필요가 없으며 생각해서도 안 된다. 아무 생각 없이 책에 있는 내용을 외우기만 해야 한다. 그래야 수능시험에서 좋은 성적을 받을 수 있기 때문이다. 수능시험에서 좋은 성적을 받는 것만이 중요하며 그 외 다른 것은 중요하지 않다. 이것이 오늘 우리나라 고등학생들에게 주어진 현실이다. 그런 고등학생들을 쳐다보면 가슴 한 구석이 저려온다.

수능시험에서 좋은 성적을 받는 것만이 중요한 우리나라 고등학생, 그들에게서 장차 무엇을 기대할 수 있겠는가? 우리나라에서 노벨상 수상자가 나오지 못하는 이유가 바로 이 수능시험 때문이 아닌가 하는 생각이 들기도 한다. 나는 고성지역 고등학생들을 이런 경쟁 속에 몰아넣고 싶지 않았다. 고성지역 고등학생들을 모두 똑같은 내용을 외우는 암기 기계로 만들고 싶지 않다는 말이다.

고등학생들을 수능시험으로부터 해방시켜 주는 일, 그래서 이 학생들이 우주와 자연을 알고, 다양한 생각과 창의적인 사고를 가질 줄 알도록 해 주는 것이 글로벌 명품 교육도시의 첫 발걸음이라고 생각했다. 그 다음은 학생들이 자신의 적성과 재능을 발견할 수 있도록 해주는 것이라고 생각했다.

자신의 적성, 재능과 무관하게 수능시험 성적에 따라 대학과 전공을 결정할 수밖에 없는 한심한 일이 없어져야 하겠다. 왜냐하면 학생들이 그 길로 계속 나아갈수록 자신이 진정 가야할 길과는 점점 더 멀어질 수밖에 없기 때문이다.

현 단계에서 그렇게 하기 위해서는 고등학교 졸업 후 미국 대학으로 바로 진학시키는 것이 좋겠다고 생각했다. 미국 대학 입학에는 한국의 수능시험이 필요하지 않기 때문이다. 의사소통이 가능할 정도의 영어 실력과 과외활동 경험, 사회활동 경험이 필요할 뿐이다.

학생과 학부모의 두려움, 교사들의 비협조 가운데서도 고등학교 졸업생 미국 대학 유학을 위한 프로그램은 시작되었다. 3학년 학생 6명을 포함하여 약 30명의 학생들이 이 프로그램에 참여했다. 이 학생들은 원어민들로부터 직접 영어수업을 받았다. 첫 해 미국 대학으로의 진학은 DVC 2명, HCC 1명으로 결정되었다.

그 중에 H 학생은 초등학교, 중학교, 고등학교에서 줄곧 전교 수석의 성적을 얻은 학생이었다. 이 학생의 꿈은 외교관이 되는 것이었다. 그러나 진학 담당 교사는 국내 대학에 진학할 것을 권유했다.

"H야, 네 성적이면 서울대학교 국문학과에 갈 수 있단다. 미국 대학으로 가지 말고 서울대학교 국문학과로 진학하도록 하자."

수능성적에 따라 H를 서울대 국문학과에 진학시키려 했다. 외교관이 되겠다는 H의 미래 꿈과는 전혀 상관없는 권유였다. 그러나 H는 외교관이 되겠다는 뜻을 꺾지 않았고 결국 미국 대학에 진학하기로 결정했다.

미국 대학에 진학하기로 결정한 3명의 학생과 함께 나는 다시 미국 방문길에 올랐다. 이번에는 고성군 내 고등학교 교장선생님 4분이 동행했다. 첫 번째 미국 방문 시 교장선생님이나 진학담당 교사가 동행했더라면 미국 유학에 대한 이해가 훨씬 더 컸을 것이며 교사들의 협조도 원만했을 것이다. 나의 실수였다.

HCC와 DVC 방문시 그 대학에 재학 중인 한국학생 대표들과 대화하는 시간을 가졌다. 이 대화를 통해서 그동안 불안하고 걱정했던 많은 것들이 해소되었다. 유니버시티에 입학하기 위한 과정으로 칼리지를 거치는 것이 보편화 되어 있다는 사실도 확인할 수 있었다. 한국 대학에 진학하는 것과 비교해 볼 때 등록금이나 생활비가 비싸지 않다는 사실도 알 수 있었다. UT Austin과 UC Berkeley에 재학 중인 한국학생들과도 만나 많은 대화를 나누었다.

아무도 시도해 보지 않았던 일, 농촌지역 고등학교를 졸업한 후 곧바로 미국 대학으로 진학하는 일! 학생들은 몹시 두렵고 겁났을

미국 DVC 총장과 함께

것이다. 그러나 미국 방문을 통해, 그리고 미국 대학재학생들과 대화를 통해 자신감을 가질 수 있었다. 더욱 좋았던 것은 이번 방문 기간 중 HCC와 DVC로부터 입학허가서(I-20 form)를 받은 것이다. 드디어 우리는 고성지역 고등학교 졸업생들의 미국 유학을 현실화시켰다.

3명의 학생은 미국으로 가서 열심히 대학생활을 하고 있으며 자기 자신의 적성과 재능을 발견하기 위한 노력을 하고 있다. 2012년 신년사에서 나의 심정을 이렇게 밝혔다.

"우리는 작년 한 해를 '글로벌 명품 보육도시, 교육도시 기반 조성의 해'로 정하고 고성을 글로벌 명품 보육도시, 교육도시로 만들기 위해 최선을 다했습니다. 몇몇 소수학생을 위한 교육이 아니라 모든 학생을 위한 교육, 학생 개개인의 적성과 재능을 발견하고 이를 배양하는 맞춤형 교육을 만들기 위해 정열을 쏟았습니다. 그래서 모두가 1등인 교육, 학생과 학부모와 선생님 모두가 행복한 교육이 될 수 있도록 하기 위해 힘을 모았습니다. 그러나 아직 우리는 그런 선진화된 교육에 익숙해 있지 않습니다. 국내 명문대학 입학을 위해 수능시험에만 매달리는 교육에 여전히 익숙해 있습니다. 서울대학에 몇 명 입학하느냐가 그 지역 교육의 척도가 되어버린 시대에 살고 있는 것입니다.

우리 고성에서는 그러한 주입식, 기계식 교육을 과감히 배척하고자 합니다. 우리는 학생 개개인의 재능을 개발하는 맞춤형 교육을 지향하고자 합니다. 그래서 각 분야에서 장차 이사회를 이끌어 가는 진정한 지도자가 될 능력을 키워주는 교육을 지향하고자 합니다. 우리 지역 고등학교 졸업생들을 미국 대학에 입학시키고자 하는 이유가 바로 여기에 있습니다. 저는 우리 고성이 대한민국 제1의 글로벌 명품 보육도시, 교육도시로 자리매김할 수 있기를 간절히 희망합니다."

나의 변신 나의 도전

초판인쇄 2012년 8월 17일
초판발행 2012년 8월 25일

지은이_ 이학렬
펴낸이_ 서영애
펴낸곳_ 대양미디어

등록_ 2004년 11월 8일 제2-4058호
주소_ 서울시 중구 충무로5가 8-5 삼인빌딩 303호
전화_ 02-2276-0078
팩스_ 02-2267-7888
전자우편_ sdanbi@kornet.net

ISBN 978-89-92290-56-2 03810

값 12,000원